광주는 현재다

광주는 현재다

안 원 근 장편소설

문이당

작가의 말

'우리는 어디서 왔고, 우리는 무엇이며, 우리는 어디로 가는가.'

나는 '폴 고갱'이 심신이 몹시 지쳐 있던 말년 시절에 그렸다는 이 작품을 우연한 계기였지만 대학에 들어가면서 접할 수 있었다.

그림에 전혀 문외한이었던 나는 인간의 탄생·삶·죽음을 치열하고 냉철한 사유와 고뇌 속에서 그의 삶을 마감하는 유언과도 같은 작가 정신의 혼이 밴 이 작품에 경탄하지 않을 수 없었다. 인생을 출발하려는 시기에 대가의 그림은 나에게 사고의 지평을 넓혀 주는 촉매제 역할을 해 주었고, 삶의 방향성에 대한 안내자 역할을 했음도 사실이다.

나는 고갱의 작품을 통해서 '우리는 무엇이며' 쯤에 해당하는 부분 즉, 인간의 삶의 방식에 주목하면서 유소년 시절부터 가슴에 심겨 있던, 보려고 해도 보이지 않고 볼 수도 없는 '인간 심연의 저 깊은 곳에 내재하고 있는' 욕망의 실체를 캐내려고 꽤나 안간힘을 써댔다. 그러나 그러한 작업이 도리어 나의 욕심이었음을 고백하지 않을 수 없다. 그것은 인간의 생명 탄생에 대한 의문만큼 영원한 불가사의의 세계였기 때문이었다.

인간에 대한 욕망의 실체를 알려고 하는 시도 자체가 어리석고 못난 열등의식에 빠져 있던 나 자신이 막막한 현실 세계를 허우적거리다가 그 상황에서 탈출하려는 몸부림이었는지 모른다. 까짓것 정확히 규정하기 어려운 인간의 욕망이란 실체는 가만가만 흘러가는 세월을 좇아 눈치껏 곁눈질하면서 부딪치고 악다구니 쓰다 보면 어림짐작은 할 수 있는 것을.

그렇다고 그렇게 콕 집어서 무책임한 언설로 나를 합리화하기에는 턱없는 변명이거니와 무기력한 자책감에서 헤어나기 어렵다는 것도 참작해 본다. 다른 한편으로 생각해 보면 나의 삶을 가로질러 내려오는 세속의 번뇌와 무한정한 욕망의 업장이 이 길을 찾아 헤매게 만들었을 가능성과 아예 같이 가려고 스스로를 채찍질 했는지도 모를 일이다. 나 자신도 욕망의 이기적 인간이기에 그러할 가능성을 부인하기 어렵다는 뜻이 되겠다.

첫 장편소설 『욕망의 늪』에서 언급한 바가 있지만 대학 시절

철학도와 역사학도 친구와 그리고 문학도인 나는 학사 주점에서 수시로 술잔을 부딪치며 세상 살아가는 인간 군상을 안줏거리로 삼았다. 특히 전두환이라는 새로운 인물이 설레발치며 온 나라를 들쑤시던 때였던지라 우리의 관심사는 자연스레 권력을 탈취하려는 자들의 탐욕의 깊이와 야욕의 넓이를 분통하며 술잔 속에 섞어서 목 안으로 삼켜 넣곤 했다.

고루한 이야기로 들리겠지만 나를 포함해서 강의실이나 도서관보다 최루탄이 수시로 허공을 가로지르며 시위대 앞에 떨어지고 최루가스가 눈물샘을 자극하는 거리에서 탐욕과 야욕의 역사를 배웠던 우리 시대의 친구들 역시 그러한 고민을 했을 것으로 추정해 본다. 권력 탈취자들의 욕구 충족 방식은 무지막지한 패륜에 가까운 방식이었기 때문에 더욱 그렇다는 의미도 포함된다.

우리는 부정한 방법으로 욕망의 세계에 뛰어드는 패거리들의 세계를 알려고 서툴게 덤벼들었지만 포악한 권력 탈취자들의 의식 세계를 단정지어 말하기 어려운 한계성이 있었다. 그렇지만 우리는 어렵사리 현재성이라는 단어를 건져내었다. 역사는 언제나 현재 진행형이었고 현재의 위치에서 어떤 무리들이 어떤 형태로 탐욕과 야욕을 실현시켜 작동하느냐는 것이었다.

탁월한 통찰력의 현자는 '지나간 것을 쫓지 말라'고 했다. 그러나 탐욕자들은 과거를 쫓았다. 그들은 뜻을 같이하는 무리끼리 짝짓기를 통해서 기반을 견고하게 다져왔던 만큼 과거로부터 이어져 내려온 끈끈한 연결 관계를 바탕으로 현재의 위치를 강고히 하기 위해서 과거를 쫓았다.

월등한 분별력의 각자는 '아직 오지 않은 것을 생각하지 말라'고 했다. 그러나 야욕자들은 미래를 읽었다. 이미 일정한 영역을 구축한 그들은 현재로부터 이어져 내려갈 미래의 전개 양상을 간파하고 현재를 그들 무리가 거치적거리는 것 없이 안주하기 좋게 미래를 생각했다.

현명한 탐욕자와 야욕자는 과거에 얽힌 연고성이 현재를 유지하는 방책이기 때문에 과거를 쫓아야 했고, 현재의 영달과 안일을 연장하기 위한 보신책 때문에 아직 오지 않은 미래를 생각했다.

그들에게 과거는 소유의 대상이었고, 현재는 점유의 시간이었고, 미래는 세습의 고착화였다. 그 분기점이면서 중심축은 항상 현재였다.

욕망은 삶의 원동력이고 이타심의 발원지라는 것이 나의 변함 없는 생각이다. 욕망은 모든 감정의 출발점이면서 인류의 문명

발전에 기여하는 원천적 생산지라는 생각도 마찬가지이다. 또한, 욕망은 인간의 생존을 가능하게 하는 근원적인 기운이라는 사실 역시 인정한다.

욕망은 인간이 가지는 최고의 힘이지만 역으로 말하면 최악의 힘이 될 수도 있다. 부연이지만 인간의 삶은 욕망에 이끌리어 불행의 길로 접어들게 되기도 하고 욕망 자체가 의미가 되어서 행복을 추구하게 만드는 시원이 된다는 점을 명심하자는 것이다.

자신의 이상이나 신념을 실현해 나가는데 이타적이고 희생적인 욕망의 실천자가 되기를 기대해 본다.

2024년 6월
안 원 근

차례

작가의 말

안중근처럼

그건 적의 사생을 가르는 찰나였다.

하얼빈역 플랫폼은 늦은 시월에 내려앉은 삼엄한 한기가 빈틈 없이 열립한 군인들 사이사이로 파고 들면서 기차에서 내릴 일본 관리들을 보호하려는 경계태세로 철옹성 같은 견고한 위용으로 압도되어 있었다.

증기 기관차가 하얼빈역 쪽으로 들어오면서 속도를 줄이기 시작하자 육중하게 굴러오던 기차의 쇠바퀴 소리들이 사방으로 찢어지는가 싶더니 한동안 군중들을 그 자리에 얼어붙게 만드는 듯했다. 기차는 뜨거운 잿빛 그을음을 씨근덕거리며 거칠게 토해내면서 검게 닳아진 하얼빈역사의 철길 위를 더디게 구르며 진입하고 있었다.

안중근은 더운 바람이 일시에 온몸에 확 끼치는 것을 느꼈다.

곧 열어젖혀질 기차의 출입문을 매서운 눈길로 응시했다.

안중근은 맑은 두뇌와 깔끔한 목 혈관을 통과한 뜨거운 혈액이 들어와서 뛰노는 심장의 박동 소리를 나지막하게 들으며 브라우닝 총의 방아쇠에 검지손가락을 가만히 걸어 보았다.

오늘은 방아쇠의 촉감이 솜털처럼 부드럽고 고왔다.

안중근의 맥박은 불끈불끈 고동쳐야 마땅하지만 이런 중차대한 상황을 전혀 개의치 않았고, 잠자는 아기 숨소리인 양 따뜻하고 포근하였다.

포수 시절 사나운 짐승 한 마리 정도를 미립나서 손쉽게 엽취하는 기분일 따름이었다.

안중근의 가슴에 품고 있는 브라우닝 권총의 총알은 긴박한 찰나적 상황에도 불구하고 안중근의 골수에 박힌 대한 독립 만세를 외치며 적의 대갈머리에 정확히 박힐 것이 명약관화했다.

오른쪽 플랫폼으로 내린 일본 관원들의 행동거지는 거들먹거리거나 혹은 아첨기가 농후하여 가볍고 경솔하게 보였다. 또한, 오만과 경박한 정도를 단번에 느낄 수 있을 정도로 행실 하나하나가 천해 보였다.

그뿐만 아니라 선입견일지 모르겠지만 파렴치하고 비도덕적으로 표출되어 보이는 그들의 조악한 행태나 볼품없는 행동거지의 수상함 속에는 반드시 채워야만 하는 야욕이 새카만 머루포도처럼 더께로 쌓여 엉겨 붙어 있을 것임도 의심할 필요가 없었다.

게다가 그들이 사고하는 의식의 저변에는 부조리 또는 모순덩어리의 검은 야욕과 어떤 음모가 독사가 몸을 도사리듯 능글차고 흉악한 마음이 자리 잡고 있음도 분명할 터였다. 따라서 그들이 우르르 몰려가는 광경은 군집을 이루어 먹이를 확보하기 위해서 이동하는 짐승들의 무리에 불과해 보였다.

이토 히로부미는 그 중심에서 울대뼈가 툭 뛰어나올 만큼 주름진 턱을 힘껏 잡아당기며 교만하고 경솔한 본성대로 양팔을 휘적거렸다. 그러는 한편으로 어기적어기적 팔자걸음으로 도열한 사병들과 환영 나온 사람들에게 잠시 시선을 보내면서 비릿한 웃음을 지으며 플랫폼을 걸어갔다.

잔주름살이 온 얼굴에 덮인 늙수그레한 노년치곤 개기름이 번지르르 흐르는 이토 히로부미는 젠체하는 시선을 보내는 것만으로는 부족했는지 군중들 여기저기를 향해서 오른손을 치켜세워 흔들어 보였다.

하얼빈역은 침탈자인 일본 관헌들을 위해서 동원되었을 것으로 보이는 사람들이 연호하는 환성과 어수선한 분위기 속에서 쏟아내는 다중의 환호와는 별개로 어떤 사건이 일어나기 전에 보이지 않게 느낄 수 있는 싸늘하고 괴기한 분위기가 일시에 교차하고 있었다.

분명하게 단언하지만, 한 국가의 지도층이라고 한다면 자국 안에서 활동하고 생활하는 자국민의 자유와 복리를 증진하는 것이 으뜸가는 책무임은 너무나 자명한 사실이기에 두말할 필요가 없을 것이다.

일정한 영토 안에서 그 영토에 살고 있는 국민이 주권을 행사하는 공동체가 국가라는 것을 모르는 사람은 없다.

즉, 국가는 그 구성원들에 대해 국민과 국토를 지배하는 최고 권력을 행사하는 정치 결사체이면서 그 구성원들을 위하여 일체성과 계속성을 가지고 구성원들의 요청을 수행하며 개인이 가지는 욕구와 목표를 효율적으로 실현시켜 줄 수 있는 가장 큰 사회조직으로써 종합적인 인간 단체라는 것도 명확하게 인지하고 있다.

그런데 역사의 발전 과정에서 보면 일부 국가는 이런 간단명료한 국가적 본분을 방기하고 군사적 공격성을 바탕으로 삼아 팽창주의적인 태도나 움직임으로 세계 평화와 세계 질서를 교란하는 흉포한 행위를 자행해 왔다. 그건 역사적 사실로써 기록되어 왔고 그러한 역사적 사실은 특정 계급이나 사회나 국가에 영향력을 행사하고자 하는 일정한 집단에 의해서 찬미되어 왔다고 보아도 무리가 없을 듯하다.

이러한 확장주의는 응당 침략 전쟁이라는 수단과 방법으로 실현되었는데, 엄청난 살육과 파괴는 물론이었고 정신적, 신체적 고통을 수반함은 필연적이었다. 거기에다 우연적인 요인들도 시시각각 부정적으로 작용하였다. 그 결과는 국가 전반에 악영향을 끼침으로써 사람이 사람으로서 사람답게 살아가야 하는 존엄성이나 희망을 산산이 부서뜨리면서 여지없이 절망의 나락으로 떨어지게 만들었다.

한반도에 정주하는 사람들은 한반도 동남쪽 바다 위에 길쭉하게 떠 있는 섬나라 일본이 보이지 않는 행동의 족쇄가 씌워져서 대륙을 그리워하는 마음이 간절하다는 실재적 현실에 대해서 외면하지 않았다.

알속에서 자란 병아리가 안쪽 껍질을 쪼아서 밖으로 나오려고 할 때, 어미 닭은 그 소리를 알아듣고 밖에서 알을 쪼아 병아리가 환희의 세상으로 나오게 한다.

그러하듯이 한반도에 뿌리내리고 살아가는 사람들은 일본이 처한 입지적인 상황을 극복하고 내부 역량을 키워주기 위해서 한반도 사람들이 가지고 있던 지적·문화적 자산을 전달하는 것쯤은 당연시했다. 그리고 때로는 사회적, 경제적으로 발전할 수 있도록 많은 도움과 자신감을 꾸준히 공급하여 그들의 생활양식에 많은 변화를 주기 위해서 누 천 년간 교류하는 동시에 자칫하면 등한시되기 쉬운 신뢰 관계에는 문제가 없는지 꼼꼼하게 챙겼다.

그런데 망은배의하게 해적이나 다를 바 없는 일본의 되먹지 못한 무리들은 한반도 남해안의 바다와 섬에 무시로 출몰하여 패악질을 일삼아 오기를 주저하지 않았다. 그런데도 일본 정책 담당자들은 자국민의 안정적인 삶에 대한 대책을 마련하지 못하고 자국민이 저지르는 이러한 사태를 수수방관함으로써 국가 간의 평화를 깨뜨리는 계기를 만들어 나갔다.

한반도 진출을 발판삼아 대륙으로 나가려는 망상을 가졌던 일본의 정략가들은 자국의 복잡한 이해관계를 해결하기 위해서 자국민의 안녕보다는 희생을 강요하였다. 특히 임진란과 정유란 때 패전하였다는 열패를 떨치지 못한 옹졸한 사이비 위정자들은 끝내 야욕을 버리지 못하고 기회가 오기를 기다렸다. 한반도에서 일어나는 문제는 그자들이나 그자들을 추종하면서 일신의 영달을 꾀 하려는 몰염치하고 간사한 모리배들이 문제라면 문제였다.

이토 히로부미도 그런 문제적 인물 중의 한 사람이었다.

예로부터 서로 이웃하여 다양한 방면에서 교류가 활발해 왔던 한 국가와 민족에게 대화와 타협이 불가능한 지경으로 만든 다음 돌이킬 수 없는 실수를 하고 치료하기 힘든 상처를 냈다면 그에 대한 해결 방식은 명명백백할 것이다. 그것은 원인을 제공한 자에게 책임을 물어서 사죄의 변을 들은 다음 경중에 따라서 용서하거나 처벌을 요구하면 되었다. 그러나 일본은 턱없는 이유를 대면서 듣지 않으려 했고, 오히려 그들만의 방식이 있다면서 한반도에 생채기를 내는 것으로 응답했다.

해결할 수 있는 의지만 있다면 얼마든지 해결 가능한데 이를 외면하는 그들 최고 정략가나 하수인을 처리하려면 어찌해야 하는지의 대답은 자명했다. 총을 먼저 들은 자의 총구만 바라볼 수 없는 노릇이었다. 총을 들은 자가 다시는 총을 들 수 없도록 조처

하는 수밖에 없었다.

대상이 확실한 철면피한 문제의 인물인 이토 히로부미는 강압과 전횡의 통치 방식으로 동아시아의 질서를 어지럽히는 사악한 인물임이 분명하였다. 그러므로 하얼빈역 플랫폼은 이토 히로부미가 선혈이 사방에 낭자하게 흩어지며 죽어야만 하는 장쾌한 광경이 세계만방에 알려지는 계기가 되는 장소이면서 우리 민족이 타민족에게 예속될 수 없는 독립 국가라는 의지를 알릴 수 기회의 장소였다.

안중근의 눈앞으로 십여 마리가 함께 동아리를 이루어 몰려가는 승냥이 떼거리의 모습이 선연하게 보였다. 안중근은 엽사로서 생활하던 때의 익숙한 동작으로 사격 자세를 취했다. 공간과 시간만 다를 뿐이었지, 사냥하는 데는 특별한 어려움이 없을 듯했다.

안중근은 단신으로 엽총 한 자루를 걸머메고 깊은 산골에 찾아들어 호랑이 사냥을 좋아했지만, 승냥이 사냥도 더할 나위 없이 좋아했던 대담무쌍한 사나이였다.

승냥이는 집단생활을 하는 동물이면서 몸집은 작지만, 매우 사나운 개과의 동물이었다. 녀석들은 성질이 사나운 포식자로서 집단을 이루며 지구력을 이용하여 전 구성원이 후각을 십분 활용하여 먹이를 추적하고 공격한다. 그리고 한번 목표로 정한 먹이에 대해서는 공포를 느낄 정도로 집요하여 먹잇감의 힘을 뺄대로 뺀 다음 잡아먹는 방식이었다.

안중근은 흐린 하늘을 바라보며 눈을 잠깐 감았다 떴다.

인간 세상이나 국가 간의 질서에 승냥이 같은 존재들이 있어서 국가의 존망과 민족의 안위가 위협받는 지경에 이르렀다. 야만적이고 야수적인 종족이 함부로 타국의 국경을 넘어서 한반도의 국권을 강탈하려는 무지몽매한 자들의 망동을 좌시할 수만은 없었다.

승냥이의 사냥방식이야 동물의 세계에서 승냥이라는 동물이 가지는 본능에 가까운 생존비법이지만, 하얼빈역 플랫폼을 내딛으며 걸어가는 일본 관리들의 과장된 걸음걸이는 역사를 왜곡하고 국가 간의 신의를 짓밟으려는 가식적이면서 호전적인 의식이 깊숙이 뿌리박힌 동작임이 역연하였다.

이들 승냥이와 같은 자들은 국가가 지켜야 하는 보편적 질서 윤리를 넘어서서 일방적인 탐욕으로 무장된 파괴세력으로 보아도 무방했다.

안중근은 목적지를 향하여 이동하는 승냥이와 같은 무리들을 보면서 일시적인 감정의 동요가 일어났다.

일순간 주춤했다.

먼저 어느 놈을 첫 번째 대상으로 총구의 방향을 잡아서 격발할지의 문제였다. 공개된 공간에서 민족 구성원이 공분하는 뻔뻔스럽고 염치를 모르는 타국의 공인을 저격해야 하는 이번 거사는 촌음을 다투는 일이었다. 브라우닝 총에 장전된 여섯 발의 총알

중 세 발은 이토 히로부미라고 여겨지는 인물에게 집중하여 절명시키고, 혹시 모를 상황을 위해서 주요하다고 생각되는 인물 몇 명에게 한 발씩 명중시켜야만 하는 다급함 때문이었다.

안중근은 이토 히로부미의 얼굴을 몰랐다. 피상적인 정보도 전혀 없었다. 기차에서 내린 그들 중에서 이토 히로부미는 이동하는 무리의 가운데쯤이나 앞쪽에서 걸어갈 것이었다. 그러니 전체적인 이동 상황을 고려하여 본능적인 육감으로 판단하여 거사를 감행해야 하는 절체절명의 시간이었다.

안중근은 매서운 눈빛과 돌장승처럼 험상궂게 도열해 있는 병사들과는 별개로 운집한 군중들이 무리지어 여기저기에서 웅성거리며 환호할 때, 손을 흔들던 인물을 예의주시했다. 게다가 그는 하얼빈역 플랫폼을 걸어가는 일본 사절단 중에서 복장이 가장 튀어 보였다.

안중근은 보행 중인 관리들의 동태를 매섭게 응시하며 감각기관을 통해서 현재 환경에 대한 종합적인 정보가 한데 모이자 직감적으로 저 작자가 권총을 발사하여 사살해야 할 인물임을 또렷이 감지했다.

안중근은 조금 전 흐렸던 하늘을 다시 한 번 바라보았다. 잠시 사이었지만 색감과 형태를 바꾼 하늘에는 무심한 어두운 구름만이 군데군데 드리워져 있을 따름이었다.

안중근은 시월의 남녘 아슴푸레한 저 멀리 유난히 까맣게 흘러가는 제법 큼직한 구름 덩어리를 살짝 감은 눈으로 어루만져 보았다. 구름 색깔과는 대조적으로 안중근의 눈은 맑은 새벽 옹달샘보다 깨끗했다. 조금 뒤에서 작은 덩이의 구름이 큰 덩어리 구름의 뒤를 따라가는 모습을 보면서 안중근은 만 리 넘어 어머니가 계신 고향 쪽으로 고개를 돌렸다.

어떤 어려움도 강단으로 처리하시고 버티시는 어머니가 허리를 꼿꼿이 세우고 정갈하게 앉아 계셨다.

안중근은 미동도 하지 않은 상태에서 환호하는 인파에게 손을 흔드는 대신 고개를 끄덕끄덕 움직이는 이토 히로부미를 쏘아 보았다.

안중근은 차분하게 가라앉은 마음 그대로 심부 깊숙한 곳에서 브라우닝 권총을 뽑아 들었다.

사악한 음모와 간악한 수법으로 동아시아와 유럽 대륙으로 나아가는 출발점이자 지정학적 요충지인 한반도를 침탈하려는 이토 히로부미를 사냥하기 위해서였다.

안중근은 이토 히로부미의 머리통을 정 조준했다.

표적물을 겨냥하여 정확하게 총을 막 발사하려는 찰나였다.

흐트러짐이 없으시던 어머니가 손을 내저으며 날카롭게 외마디 소리를 쳤다.

"아니다."

단호한 표정이었고 엄한 태도였다. 어머니의 말씀에는 옹이가 박히고 음색이 두껍고 옹골찬 기운이 확연했다.

그 순간 안중근의 오른손 엄지가 권총 방아쇠에서 미세하게 떨렸다.

금지하라는 명령과 함께 생각의 전환을 요구하는 어머니의 말씀이 돌차간에 안중근의 귀청을 울리면서 뇌수로 전달되었다. 동시에 어머니가 말씀하시고자 하는 속뜻이 경각을 다투며 안중근의 심중에 파고들었다.

안중근은 어머니가 말씀하신 '아니다'에 담긴 의미를 이토 히로부미를 바라보면서 삽시간에 해석했다.

안중근은 고향뿐만 아니라 각지각처까지 이름난 포수였다. 그런데 어머니는 명포수였던 아들의 총구가 머리를 움직이며 걸어가는 적의 두상을 향하고 있다는 것은 촌음을 다투는 위기일발의 현재 상황에서 '네가 잘못 판단하고 있다.' 라는 지적임이 분명하였고, 안중근도 '아차, 내가 잘못 생각했구나.' 라는 사실을 순식간에 깨달았다.

어머니의 목표물을 향하고 있는 총구 방향에 대한 저지와 타격점을 바꾸라는 요청은 정확했다.

"중근아! 머리는 순간마다 움직이는 신체부위이다."

풀 먹인 모시옷보다 빳빳한 어머니의 목소리는 꾸지람이 되어서 들여 마셨던 숨을 내뱉을 사이 없이 안중근의 귓바퀴에 꽂혔다.

청년 시절이었다. 안중근은 피가 뚝뚝 떨어지는 황소만 한 멧돼지를 둘러메고 사립문을 밀었다. 어찌 된 영문인지 어리둥절하던 어머니가 아들의 피에 절은 옷을 받아들며 물었다.

"네 사격술은 이 어미가 잘 안다만, 그래도 요런 집채만큼 큰 짐승을 어떻게 잡았더란 말이냐?"

어머니는 아들이 몇 년 전 호랑이를 잡으려다가 실패했던 기억을 간직하고 있는 터라 의아한 빛을 띠며 물었다. 어머니가 묻고 있는 것은 호랑이나 멧돼지가 같은 포유류로서 사나운 짐승들인데, 호랑이 사냥의 실패와 멧돼지 수렵의 성취에 대한 실패와 성공의 상반된 의문이었다. 더 정확하게 말한다면 너의 뛰어난 사냥 솜씨로써 왜 호랑이 포획에는 실패했느냐는 추궁일지도 몰랐다.

"네, 어머님. 짐승들은 포식자이기도 하지만 피식자가 될 수 있기 때문에 항상 경계심을 놓지 못하고 예민하게 발달된 후각이나 청각 등을 동원하여 전방과 좌우 그리고 후방까지 경계심을 풀지 않고 살핍니다. 그래서 짐승들은 주위의 환경에 맞춰서 공격 행동과 방어 행위를 병행해야 하므로 짐승들의 머리는 움직임이 많지요. 따라서 맹수들을 사냥할 때에는 머리보다는 머리에 비해서 움직임이 덜하고 비교적 길이가 긴 몸통을 정확하게 맞추는 것이 저의 사냥법이라고 할 수 있습니다."

찰나의 시간 속에서 어머니의 말씀은 안중근의 머릿속을 계속해서 줄달음치며 달려왔다.

"방아쇠를 당겨서 총알이 머리에 박히기 전, 머리라는 목표물은 신체의 특성상 어떤 형태로 탄지경과 같이 움직일지 모른다. 따라서 불확실성이 강하다."

어머니는 청년 시절 자신이 어머니에게 전해 드렸던 짐승 사냥 법을 잊지 않으시고 곧바로 안중근에게 상기시키고 있었다.

총소리와 함께 하얼빈역은 아비규환의 수라장에 버금갈 만큼 변할 것이었다. 우선 경호경비를 맡고 있는 군인들이 안중근을 체포하려고 갈팡질팡할 것이고, 놀란 군중들이 우왕좌왕 하면서 난장에 가까울 것임은 자명했다.

그렇게 엉망진창이 된 상황이 전개되면 안중근의 후속 동작에 큰 영향을 줄 수도 있었다. 따라서 총구에서 발사된 첫 발이 명중되어야만 두 번째, 세 번째 탄알도 적의 몸통에 적중될 것이었다. 어머니의 지적은 막중한 임무를 맡은 아들이 실패할지도 모른다는 염려 그 자체였다. 어머니는 신체의 최 상부를 겨냥한 아들이 만에 하나라도 실수할 가능성이 있다는 점에서 잘못된 판단일 수 있다는 엄한 지적을 하심이 확실하였다.

어머니는 아들이 감행하는 이번 거사는 그 어느 일과 비교할 수 없는 중차대한 사안임을 꿰뚫고 계셨다. 어머니는 최초 탄착점의 중요성을 알고 계셨고, 첫 격발의 명중 여부에 따라서 아들이 궁극적으로 나라를 지키자는 대의명분에 손상이 가지 않고 국가와 민족에 누가 되지 않는 중요한 결행임을 알고 계셨다.

안중근은 어머니의 이름을 가만히 불러 보았다.

"조성녀 마리아……."

적의 관자놀이를 겨누고 있던 안중근의 총구는 살짝 아래쪽으로 내려져 몸통과 일직선을 이루었다. 적의 복부에서 피 냄새가 훅 끼쳐왔다. 이토 히로부미가 군중을 향해서 손을 들어 고갯짓한 다음 다시 정면으로 얼굴의 방향을 돌리려는 순간 안중근은 방아쇠를 부드럽게 당겼다.

직감적으로 사냥감에게 조준한 총알이 어깨와 팔꿈치 어름에 정확하게 박힌 느낌이 방아쇠로 은은하게 전달되었다. 두 번째 발사된 총알은 손가락 길이만큼 더 아래쯤에서 피를 사방으로 튀게 했다. 세 번째 총알은 손톱 길이만큼 더 밑이었을 것으로 여겨졌는데, 적은 몸을 부르르 떨면서 휘청 기울다가 그대로 하얼빈역 플랫폼 바닥으로 고꾸라졌다. 적이 쓰러진 플랫폼 바닥은 붉은 피가 쏟아져 흥건하게 고여 있는 듯했다. 피를 너무 많이 흘린 모양이었다.

동작이 이어지면서 움직이는 적이었건만 능숙한 솜씨로 조준했던 만큼 세 발의 총알은 표적물의 위치에 한 치의 오차 없이 모두 박힌 듯했다.

특히 세 번째 발사한 총알은 적의 복부를 관통하는 듯했고, 사냥감이 회생의 가능성이 없을 것이라는 확신이 서면서 짜릿한 쾌감이 느껴졌다.

이토 히로부미가 푸르르 몸을 떨면서 땅바닥에 쓰러지는 모습이 뚜렷하게 안중근의 눈에 잡혔건만, 혹시 모를 일이었다. 저 작자가 이토 히로부미가 아니라면 커다란 낭패이면서 결정적인 좌절감으로 이어질 것은 물론이지만 다시는 적을 사살할 계기가 마련되지 않는다는 자명한 사실에 분기가 솟았다.

그리되면 안중근의 불명예는 제외로 할망정 민족적 자존감이나 국가적 열패감에 너무나 큰 상처가 될 터였다. 안중근은 이토 히로부미와 거의 같은 수준에서 근접하여 수행하던 갈팡질팡 어쩔 줄 모르는 세 놈에게 평정심을 잃지 않고 한 발씩 발포했다. 세 놈 모두에게도 적확하게 총알은 뚫고 지나갔는지 이들도 피를 토하며 맥없이 쓰러졌다.

어머니의 말씀은 내가 설마 실수하겠느냐? 라는 일시적인 자만심에 빠질 경우를 대비하여 채찍질을 해주었음이 분명했다.

안중근은 러시아 군인들이 에워싸고 체포하려 하자 핏줄이 불끈 솟은 주먹을 치켜들었다. 그런 다음 분기탱천하여 힘껏 주먹을 쥔 딴딴한 팔뚝을 힘차게 들어 올렸다. 안중근의 우람한 목소리가 하얼빈역 플랫폼에서 쩌렁쩌렁하게 울렸다.

"대한국 만세."

거침없이 내리쏟는 폭포수의 소리보다 더 크게. 안중근이 발사한 총탄의 억센 쇠붙이 소리보다 더 크게.

어머니는 아들이 감행하는 이번 거사가 만에 하나 성공할 수 없을지도 모른다는 우려를 하셨을 것이다. 침식을 끊다시피 하며 나뭇잎이 다 떨어진 앙상한 나뭇가지를 허허롭게 바라보시면서 노심초사하셨을 터였다.

어머니는 지금까지 아들이 선택한 일에 절대적인 신뢰를 가졌다. 단 한 번이라도 아들의 능력에 대해서 회의해 본 적이 없는 분이셨다.

그러나 아들이 이번 하얼빈역에서 수행하는 민족과 국가의 원흉을 사살하는 일만큼은 마음을 졸이며 조마조마하지 않을 수 없었을 것이었다. 그런 일말의 불안감 속에서도 적의 수괴인 이토 히로부미의 목숨을 끊어서 천하만국을 향하여 '대한국 만세'를 부를 것이라는 믿음만은 절대적인 확신이셨을 터였다.

어머니는 아들의 총구에서 날아간 탄환이 목표물을 빗나가리라는 생각은 추호도 없었을 것이었다. 그러함에도 하얼빈역이라는 공간과 시간과 여건상 돌발사태가 발생하여 절호의 기회를 놓치지 않을까 하는 심려는 인지상정인지도 몰랐다.

안중근이 적들의 몸통을 정 조준하여 총알 여섯 발을 쏘고 권총을 플랫폼에 떨어뜨리자 어머니는 이제 평상심을 회복하신 듯 보였다. 그리고 목표로 삼은 적의 사살에 성공한 아들을 대견해 하시는 어머니의 모습이 포박하고 있는 러시아 병사들 얼굴 위에 겹쳐져 보였다.

어머니는 지금 총소리를 환청으로 들었을 것이었다.

사생을 가르는 순간에 어머니의 '아니다'라는 외마디 외침은 아들이 벌이는 거대 사업을 헛되이 하지 않게 하려는 하늘의 소리인성 싶었다.

어머니의 간절한 기도가 초월적인 존재자의 언어 대신 '조성녀 마리아'의 음성으로 실현됨으로써 하얼빈역 플랫폼의 역사적인 사건은 성공할 수 있었는지 모른다.

한 개인의 확고한 신념과 출중한 행위였다.

자연인이자 자식의 죽음을 가장 빛나게 쓰이도록 조력하는 어머니.

안중근은 체포 즉시 여러 명의 병사들에게 하얼빈역 철길 건너편으로 끌려가면서 흐뭇한 웃음을 입 안 가득 물었다. 어머니에 대한 고마움이었다. 안중근은 포박당하여 호위병들에게 끌려가면서 내내 어머니에 대한 고마움 그 생각 하나만을 떠올리면서 흡족한 미소만 띨 뿐이었다.

안중근은 만약이라는 가정조차 떠올리기 싫었다. 그렇다 하더라도 만일 이토 히로부미의 두부를 겨냥할 그 찰나에 어머니가 꾸짖지 않았다면, 어찌 되었을 지의 결과에 대해서는 생각하면 생각할수록 끔찍하다는 생각이 떠나질 않으면서, 어머니에 대한 고마움과 사랑이 머릿속 깊숙한 곳에서 떠나질 않았다.

안중근은 이번 거사를 진행하면서 반드시 성공해야 한다는 일

넘뿐이었다. 실패한다는 것을 상상하지 않으려 했고, 오로지 성공하여 이토 히로부미가 행한 15가지 죄악을 낱낱이 밝히려고 했다.

1905년 을사늑약 체결로 대한제국은 일본 보호국으로 전락한 상태였다. 이토 히로부미는 조선 보호론 실현의 실제적 주역이었다. 따라서 그를 사살함으로써 대한제국이 일본의 보호국이라는 국제법적 불법성을 알려야만 했다.

일본은 점진적이고 단계적으로 대한제국을 무력화시키기로 작정했는지 무례하게 도전을 일삼았다. 하지만 대한제국은 일본을 존중하며 여러 가지 수단과 방법으로 일본과 신사협정을 맺어서 화해하고자 했다.

일본은 아랑곳하지 않았고, 순차적으로 저지르는 일본의 비열한 조약 체결 방식에 대항하여 대한제국의 양식 있는 위정자들과 뜻있는 국내외의 선각자들은 일본에 대하여 명백한 경고와 부당성을 지속적으로 전달했다. 또한, 세계 각국의 도움을 얻어서 일본의 침략 야욕을 저지하고자 했다.

그럴수록 일본은 고삐 풀린 망아지처럼 제멋대로 날뛰었다. 일본은 듣지도 보지도 않으려 했거니와 오히려 탐욕이 들끓는 국내외의 개인이나 단체와 손잡고 기어코 이 땅에 일본 기를 꽂으려 했다.

일본의 당대 정략가 중에는 대대손손 가업으로 삼은 야비한

도굴꾼과 같은 다수의 정치꾼이 추악한 침략 전쟁의 선봉장 역할을 하면서 국가의 위상을 실추시키고 있었다.

이러한 일본의 경거망동과 국제 사회 질서를 어지럽히는 일본에게 경종을 울림과 동시에 대한제국의 저력을 보여주기 위해서 난적인 도적떼의 괴수를 정의롭게 처단하는 것은 마땅했다.

안중근은 타국의 국경을 안하무인으로 침범하려는 일본의 책략가들보다 자국의 주권과 통치권을 타국의 손아귀에 송두리째 넘겨주려는 매국노부터 색출하여 처단하고 싶었다. 남을 탓하기 전에 나를 단속하는 것이 순리였다. 먼저 국가를 팔아 자신의 잇속을 챙기기 위해 야욕이 이글거리는 국적의 목을 남김없이 베어 버리는 게 당연하다는 생각이었다.

그러나 생각일 뿐, 상당한 수효의 이간자들을 징벌하여 국기를 엄하게 하고 국가의 근본을 세우려는 방법에는 한계가 있었다.

안중근은 이토 히로부미를 사살하는 후속 효과로 욕망의 때에 절어 개인의 출세만을 꾀하고, 만수를 살 수 있을 것처럼 온갖 패악질을 일삼는 간악하고 사특한 무리들의 자기반성을 요구했을지도 모른다. 이토 히로부미의 복부에 박힌 총알은 사악하고 파렴치한 자들의 심장을 터트려 버리려는 공포의 탄알이기도 했을 것이었다.

한편, 어머니는 적을 장쾌하게 사살한 대가로 아들이 받아야 할 재판에 대해서 많은 불만을 가지실 것이 분명했다. 하얼빈은 청나라 땅인데 러시아 조계지였으므로 청나라나 러시아에서 조사를 한 후에 재판을 받는 게 맞다, 라고 생각하실 것이었다.

그러나 일본은 사건 발생 직후부터 사건의 심각성을 고려하여 본국과 영사관 등에서는 다각도로 분석하여 일본이 직접 조사하고 직접 재판을 진행하기 위해서 구체적인 방안을 마련하여 손상된 체면을 세우려 할 터였다.

조사와 재판에 대한 일본의 전반적인 책략을 감지한 어머니는 결연한 표정을 지으며 단호하게 결단을 내렸다.

1심에서 사형이 선고될 것은 분명했다. 그러면 변호사들이나 주위 관계자들은 항소하자고 할 터였다.

"중근아, 저 놈들에게 목숨을 구걸하지 마라."

어머니는 눈 하나 깜짝 안 하시고 덧붙이셨다.

"부끄럽지 않게 당당하게 죽어라. 그것만이 어미에게 효도하는 참된 도리이다."

안중근은 하늘을 우러르며 지그시 눈을 감았다.

잠시 잠깐인 세상의 영욕을 누리기 위해서 인간은 너무 무지몽매했다. 인간은 짧은 시간 속에서 너무 많은 것을 가지려 했고, 그 소유를 영원한 것인 양 착각 하는 경우가 많았다.

인간이 지니고 있는 본성은 악이나 선이라는 한 가지 측면으로 파악할 수 있다는 가설은 불가능해 보였다. 선과 악이라는 욕구가 혼재하는 무질서 속에서 인간의 욕망은 선으로 포장되어 악으로 둔갑시키는 도덕적 이중성격자들에 의해서 지나치거나 혹은 무참하게 일그러졌다.

그 이중성에는 반드시 개인이나 개인이 소속한 집단이 어떤 물리적인 방법이나 폭력적인 방식으로 세상을 지배할 수 있다는 사이비 종교 교주와도 같은 위선적 야욕이 끈질기게 개인의 욕망을 채우려 하고 있었다. 마치 양심에 스멀거리는 거머리와 같이 피를 빨아 먹는 추악한 자들이었다.

탐욕스러운 인간은 역사적 사건의 굽이마다 인생의 패배자로서 쓴맛을 보기 싫어하고 조직이나 사회로부터 격리되거나 거세 당하지 않으려고 갖은 술책과 계교를 부리곤 한다. 이들은 절박한 위기에 맞닥뜨리게 되면 사실과 다르게 해석하거나 자기중심적인 시각에서 벗어나지 못한 채 당면 과제에서 도피하고자 자기기만과 자기 배반의 미로에서 허우적거린다.

이토 히로부미는 그 시대와 그 사회와 그 시간이 허락한 조건에서 특별히 나타난 인물이 아니었다. 이토 히로부미는 어느 시대나 어느 사회나 어느 시간이나 어느 조직인가와 관계없이 시·공을 뛰어넘어 나타났던 사실을 역사가 증명하고 있다.

그렇다면 우리 역사도 이토 히로부미와 같은 존재는 늘 있었고, 앞으로도 출현할 것임을 숙명처럼 받아들여야 한다면 억장이 무너지는 아픔이 다가오는 것을 막을 수는 없을 듯하다.

다만 그러한 인물이 나타날 때마다 거친 들판에 솟아 있는 늘 푸른 소나무처럼 깨어 있는 의식을 가진 우리는 목숨을 담보로 정면으로 맞서서 싸우는 수밖에.

안중근처럼.

1979년 안중근의 하얼빈역 거사가 이루어진지 정확히 70년이 되던 날인 10월 26일에 70년대를 상징이라도 하듯 심복에 의해서 현직 대통령 시해 사건이 발생했다. 대통령 시해 사건은 국가와 사회 그리고 국가를 경영하는 사람들에게 역사의 시험대가 되었다.

어떤 역사적 사건이 돌출되었을 때 국가의 경영자들은 어떻게, 어떤 방향으로 국가라는 공동체를 운용하는가에 따라서 국가 구성원인 개인에게 어쩌면 절대적일 수 있는 영향을 끼칠 수 있기 때문이었다.

불행한 역사의 이면에는 영문도 모르고 속절없이 그날그날을 숨죽이며 살아야만 했던 실증적인 사실을 우리는 너무나 잘 알고 있다. 개개의 역사적 사건의 속성상 생과 사의 갈림길에서 고통받고 신음하던 국가 구성원이 셀 수 없이 많았다는 사실을 간과해서는 안 되는 이유였다.

현직 대통령의 역사적 사건은 불행이었다. 그 불행의 사건을 진두지휘하며 수사하던 전두환이라는 기회주의자가 우리 역사의 한 지점을 구기는 새로운 인물로 등장한다.

성격만 다를 뿐 한 개인의 불행이었지만 그 불행을 이용하여 또 다른 개인의 출세와 영광의 기반이 되는 사건일 터였다. 사건 속의 욕망의 개인, 개인의 욕망 속의 사건. 어쩌면 끊임없이 이어져 내려온 인류의 역사이면서 또 이어져 내려갈 역사인지도 모를 일이었다.

오색 산장 설악산장

연한 띠구름이 산봉우리 한참 위에 그려져 있는 저 멀리에서 부터 붉디붉은 단풍이 굽이쳐 내려오는 설악산으로 올라가는 관광버스 한켠에는 향기 그윽한 그리움으로 가득 차 있었다.

관광버스가 요동칠 만큼 한바탕 음주·가무를 즐기던 일행들은 한풀 꺾인 분위기에 각기 좌석으로 돌아가더니 풀썩 함부로 몸을 던졌다. 남에서 북으로 북으로 올라가는 동안 두세 차례 반복된 차내 풍경이었다.

이른 시간 고흥을 출발하자마자 관광버스 안은 해장국에 해장술을 한 잔씩 하려는 해장 국밥집처럼 시끌벅적하였다. 소주잔과 막걸릿잔이 얽히고설키면서 차 안은 장이 선 장터처럼 와자하였고, 분위기가 무르익으면서 술이 서너 순배 돌자 웬만큼 취하는지 자연스레 지나간 가요가 흘러나오기 시작했다.

술기운이 거나한 몇몇이 관광버스 통로로 나왔고, 노래인지 고함인지 구별하기 힘든 관광버스에 설치된 마이크를 잡고 그럴 듯하게 노랫가락을 뽑아내었다. 가창력이 떨어지기는 매일반인 젊은 차 선생과 구 선생은 아삼륙이 되어 차내 통로를 뛰다시피 하면서 의자에 앉아 있는 선생님들의 손을 이끌어 그나마 비좁은 통로로 꾹꾹 밀어 넣었다.

　한 시간 동안 술을 마시고 노래를 부르고 몸을 비비고 손뼉을 마주치던 선생님들은 술에 젖어 취한 몸을 흐느적거리며 좌석을 찾아갔다. 술기운을 달래려고 눈을 감을만하면 또, 누군가 마이크를 틀어잡고 바락바락 악을 쓰기 시작했고, 비몽사몽 중인 동료에게 소주잔이나 막걸릿잔을 억지로 들이밀었다. 먼저 깬 사람이 손에 잡히는 사람에게 소주잔을 건넸고, 또 다른 사람이 선잠 깬 사람에게 억지 춘향 격으로 잔을 들어 막걸릿잔을 채웠다.

　잠시 쉴 사이 없이 권커니 잣거니 하다 보면 동승자들은 너나없이 몸을 추켜세우고 좁은 관광버스 통로에서 서로 부딪치며 몸을 흔들었다. 차 안에서 먹고 마시고 뛰고 춤추고 노래를 부르고 휴게소에 들렀다가 배설하고. 그러기를 두세 차례 하다 보니 저만치에 있는 한계령에 도착한다는 관광버스 기사의 컬컬한 안내 방송이 들려온 것은 오후 세 시쯤이 다 되어서였다.

　북에서 남으로 남으로 오색 단풍이 달려 내려오고 있는데도 남도 끝에서 북녘 끝자락 설악산 단풍을 찾아서 교직원 연수 겸 여행을 가자는 제안은 교직 경력이 오래된 선배들이 친목회 임원들을 다그치면서였다. 더욱이 그들은 친목회장에게 설악산 단풍 친목 연수가 아니면 가을 친목 도모 연수 여행은 가지 않겠다는 권유인지 통보인지 모를 반강제적인 입장을 전달하면서 이루어졌다.

가을 교직원 수련은 매년 진행되어왔지만, 인근 여수나 목포 그리고 광주, 전북 등지의 가까운 곳으로만 다니다 보니 내내 전라도 울타리 안에서만 뱅뱅 돌아다니는 것 아니냐는 불만을 쏟아내면서였다. 그래서 고참 교사들은 이번 가을 교직원 친목 수련만큼은 학사 일정을 조정하여 3박 4일로, 내려오는 길에 서울에서 1박을 하고 귀향하자는 구체적인 계획을 제시하였다.

설악산 한계령으로 가는 길은 구절양장, 꼬불꼬불 굽이지고 가파른 험로였다. 관광버스는 굴곡이 심한 도로를 덩굴 꽃이 울타리를 따라 엉금엉금 기듯이 힘겹게 차체를 밀어 올리고 있었다. 하지만 아직도 유흥에서 깨어나지 못한 상태에서 눈이 게슴츠레 풀리고 얼굴에 취기가 가득한 탑승자들은 한쪽으로 쏠렸다가 다시 반대편 쪽으로 휩쓸리기를 거듭했다.

핏빛보다 더 붉은 설악산 단풍은 선홍빛으로 물든 고흥의 낙조와도 같이 가슴이 아릿하도록 아름다워 보였다.

설악산 단풍은 늦은 봄, 그윽한 아카시아 꽃향기를 받아 마시고, 처녀의 꿈을 담고 있는 짙은 홍색의 수국을 멀리서 바라보면서 익어가는 딸기의 액즙이 주르르 흘러내리는 것처럼 맛깔스럽게 보였다.

설악산 단풍은 초여름 쏟아져 붓는 햇살과 후텁지근한 더위를 은근하게 받아들이며 하얀 담장을 타고 가는 빨간 덩굴장미들이 모두 모여 벌이는 환희의 축제보다 더 장관이었다.

설악산 단풍은 여름날 갑작스런 소나기가 그치고 난 후, 황홀한 듯 정갈한 무지개의 일곱 색깔을 모두 지닌 것 같으면서도 휘황한 빨간빛 한 가지 색만으로 합해진 것은 아닐까 하는 환각에 빠지게 했다.

설악산 단풍은 미려하면서 다소곳한 신부의 입술과 볼에 찍은 연지곤지와 같이 순결한 사랑으로 보였다.

저 단풍잎들은 해마다 행락객들이 보내는 눈길을 그냥 흘려보내지 않았다. 서로서로 다른 수많은 사연을 지니고 설악산 단풍을 찾은 사람들의 이야기를 나뭇잎 속에 차곡차곡 쌓아 두었다. 그래서 다음 해가 되면 설악산 단풍을 보려고 새로이 찾아온 사람들 각자의 상념에 맞는 기억이나 추억을 떠올리게 하려고 하나씩 둘씩 꺼내어 기쁨을 선사했다. 각양각색의 사람들이 저마다 담고 있는 삶의 희로애락을 낯빛에 담아서 보내오는 눈길을 받다 보니 단풍잎 색깔이 더욱 고운지도 몰랐다.

길가에 먼지를 수북이 덮어쓴 풀 한 포기가 자라는 모습은 경이로운 사실이다. 풀은 우리 문화가 되었건 유목민의 문화가 되었건 가릴 바가 아닐 듯하다. 동서양을 막론하고 인류의 자연환경에 없어서는 안 될 생명과도 같은 존재로서 인간의 삶과 때려야 뗄 수 없는 실재적 관계물일 것이다. 그뿐만 아니라 인간은 풀에게서 역동적으로 전개되는 인간의 삶, 생존 경쟁이 치열한 인생살이라는 세상의 현장에서 자연스럽게 통용되는 참된 가치를 배워왔다. 그래서 예로부터 풀을 노래하고 풀에 대한 예찬이 선각자들에 의해서 회자되었고, 지금도 사람들에 의해서 풀이 가지고 있는 미학이 오르내리고 있는지도 몰랐다.

우리 주위에서 일어나는 자연 현상을 연구하는 물리학이 풀한 포기가 서 있는 사실을 설명할 수 없을 듯했다. 그런데 폭넓게 출렁거리는 산봉우리와 두둑하게 살진 앞가슴이 온통 홍엽으로 뒤덮인 설악산의 출렁출렁한 단풍은 어떤 과학적 접근도 허락하지 못할 것처럼 황홀한 정경으로 치장되어 있었다.

더구나 설악산 수목들은 하나하나 서로가 다르게 정신적인 깊이나 사고의 종류를 무진장 생성했다. 가지 끝에 병아리 솜털과 같은 새순이 초록으로 변하는 봄에도 그랬고, 땡볕이 자글자글 잎새를 덖어대는 한여름에도 이만큼이나 저만큼이나 무한하도록 많은 생각을 나뭇잎 속에 담아 놓았다. 설악산에 단풍이 짙어가는 이번 가을에 고락과 애환을 가슴에 담고 찾아올 속가의 사람들을 위해서 설악산의 단풍은 계절을 쉬지 않고 그랬다.

이제 저 단풍잎을 달고 있는 나무들은 겨울 설악산의 살벌한

눈발에 앙상하게 가지만 남아 있을지라도 세속의 영욕을 모두 받아들이기 위해서 살갗이 찢어지는 영하의 추위를 이겨낼 것이었다. 설악산 나무들은 몸통과 뼈마디가 일그러지게 아파서 신음하고, 비록 삭신이 얼어붙어서 옴짝달싹하지도 못할지언정, 지지 않는 끈질긴 생명력으로 봄, 여름, 가을, 겨울 설악산의 수려한 경관을 만들어 낼 것이었다.

관광버스는 거친 숨을 몰아쉬며 한계령 휴게소에 발을 멈췄다. 사방을 둘러보아도 눈에 들어오는 건 일렁거리는 붉은 물결뿐이었다.

가슴 깊숙이 젖어 드는 단풍잎들의 찬란한 빛이 하성미의 마음에 고여 있던 눈물을 차창 밖으로 흘려보냈다.

몸은 주흥으로 축 처져서 흐느적거렸고, 신명이 나서 불렀던 노래의 여음이 맴돌이하면서 차내는 후끈한 열기로 들떴고, 어깨를 으쓱거리며 흥겨운 춤판을 벌였던 손발에는 눅진한 진땀이 배어 있었다. 불편한 관광버스 차내에서 거의 쉬지 않고 달려온 여독으로 직원들은 거의 녹초가 되었다. 그러함에도 한계령에서 오색약수터까지 무리한 산행이기는 하지만 정해 놓은 숙소로 가야만 하고, 깊은 가을 산의 해는 빨리 떨어지니, 처음 세웠던 시간의 일정대로 발길을 서두르자는 친목 회장단과 교직원들의 의견이 모이면서 일행들은 바로 오색약수터로 출발하기로 했다.

"아니시. 아니여. 어야, 이 사람들아! 우리가 남도 끄트머리 고흥에서 함초롬허게 젖은 뻘건 처녀 입술보다 탐시런 설악산 단풍잎헌티 입맞춤혀 보자고 여행을 왔제, 군인들 마냥 행군허로 요 멀리 설악산 한계령까지 왔당가? 아, 글씨 가을 대서중학교 교직원 연수가 아니냔 말이시. 아, 연수라는 거이 해 빠지는 것이 무섭다고 허벅지 뚜드림서 걷는 것만이 능사가 아니질 않다는 걸 잘들 알잖여. 이잉, 말이 비잉 돌다 본게로 어려워졌는디, 한 마디로 딱 짤라서 말허자면 명품 장소에 왔으먼 명품 맛도 봐야 헌다 이 말이시."

중학교 선생이었지만 배 선생의 입심이 짱짱하다는 소문은 학생들과 학부형들은 물론이려니와 대서면 내뿐만 아니라 고흥 읍내 선술집이나 더 멀리 녹동읍 장바닥까지 소문이 짜하게 퍼져 있었다. 더구나 배 선생은 걸쭉한 너스레를 이야기 대목마다 말 반죽으로 차지게 아퀴를 지으면서 일 고수 일 명창 두 역을 너끈하게 소화해 좌중을 함박 웃음꽃으로 만들곤 했다. 게다가 성품이 후덕해서 사람 좋기로 부처님의 젖가슴을 닮았다는 배 선생은 좀 더 여유작작하게 술 냄새가 촉촉이 젖은 단풍잎 향기를 서늘한 설악산 한계령 산바람에 실어서 교직원들에게 날려 보냈다.

"어와, 이 사람들아! 오늘은 다 홀 애비, 홀 애미 아니더라고. 이잉, 아니다. 아니여. 처총, 그러니까 처녀, 총각 선생들도 있구만. 어쨌든 말일세. 오늘만큼은 지각각 다 혼자나 한 가지다 이 말이네. 근디 말일세. 쪼금 늦게 오색 약수터로 출발헌다고 해서 오색 단풍잎 색깔이 변할 리 없을 것이고, 근다고 홀몸인 우리들을 감싸 안아 줄 오색의 단풍잎보다 곱고 아름다운 임이 있는 것도 아니덜 않겄냐 이 말이시. 아, 근디 한계령 휴게소가 바로 요기 코앞인디, 그냥 지나치면 여기 설악산 한계령까지 왔다 갔다는 딱 말뚝 박을만한 의미가 어디에 있을라등가? 여남고하가 분명한데, 헐 말은 아니제만 한계령 휴게소 벌꿀차가 기가 막히게 좋다는 이야기를 요기 오기 전부텀 신기 마을에 사는 설익은 난봉꾼 임 씨헌티서 들었단 말이네. 잉, 그럼 기가 막히게 좋다는 말이 머시냐 허면 말이시. 에라이, 또 헐말은 아니제만 한계령 휴게소 벌꿀 차 한 잔만 마셨다 허면 어찌 되겄냐? 궁금 허제? 어찌 되냐 허면 말이시. 쪼깐 오래 되어서 실금이 가 있는 요강단지가 있잖여. 글면 고런 요강단지는 겨울 고드름 맨치로 심이 쎄진 오줌발 땀시 단박에 와장창 박살난다 이 말이시. 이잉, 긍게로 다시 한번 더 말허자면 창자구를 너울너울 타고 내려간 한계령 휴게소 벌꿀차가 심이 아랫도리에 모타짐서 짠뜩 독이 오른 오줌 줄기에 실금이 간 요강단지가 깨질 정도로 정력에 좋더란다 이 말이시. 한 가지 덧붙이자면 말이시, 옛날 어른들이 정력 넘치는 사내나 아낙이 오줌발이 쎄면 요강단지가 깨진다느니 어쩌느니 허는디, 그건 다 웃자고 허는 말장난일세. 아까막시 내가 말혔듯이 그래도 요강단지에 실금은 나 있어야 깨지덜 안 허겄다고? 어허, 이거 내가 처녀 총각 선생들 앞에서 헐 소리 못 헐 소리 안 개

리고 씨월댔다냐? 어쨌다냐? 이잉, 처녀 총각들이 더 잘 알랑가
도 모르지. 자, 그러니 한계령 휴게소에서 벌꿀차나 한 잔씩 허고
가더라고."

한계령 휴게소의 달콤한 벌꿀 차는 고즈넉한 산사에서 마시는
차 맛처럼 서늘한 기운을 가득 담은 단풍잎들의 향훈이 일행들
입술을 부드럽게 적시면서 몸을 따뜻하게 해 주었다.

배 선생은 벌꿀 차의 향기와 맛을 한 모금 음미하면서 지그시
눈을 감았다. 언제나 활기차고 탄력이 넘치는 배 선생은 감미롭
고 은은한 벌꿀 차에 취한 듯 보였다. 한계령 휴게소의 단아하고
고담한 풍경과 이글거리는 불빛인 양 설악산 단풍이 풍겨주는 객
창감에 빠져 있던 배 선생은 울대뼈가 불거지도록 쩌렁쩌렁 목소
리를 높였다.

"아무리 해가 일찍 떨어지기로서니 요 숫자이면 호랭이 두 마
리도 뒤집었다 엎었다가 대청봉에 홱 패대기를 쳐도 될 것이구
만."

한계령 휴게소를 남겨 두고 떠나야 한다는 아쉬움이 배 선생
의 음색과 소리의 크기에서 물큰 풍겨 나왔다.

후줄근하게 피로와 술에 절어 있던 교직원들은 한계령 휴게소
의 벌꿀차를 마신 다음 짙게 배인 설악산의 한계령 단풍잎 산바
람에 손바닥으로 낯을 씻고 나자 몸과 마음이 한결 개운해졌다.

배 선생이 작별 인사라도 하듯 벌겋게 충혈이 되어 있는 눈자

위를 등산용 스카프로 훔쳐내더니, 걸머메었던 배낭을 산행 채비로 마친 다음 오색 약수터 방향으로 발을 떼기 시작했다. 일행들은 하나둘씩 배 선생이 찍어 놓은 발자국을 밟으며 단풍의 물결 속으로 들어갔고, 동행자들은 산행길 걸음마다 촉촉하고 뭉클한 마음의 추억을 꼭꼭 눌러서 앞서간 사람의 발자국 위에 얹어 놓았다.

고흥 대서중학교 교직원들은 어느새 일렬종대로 줄을 지어 한계령 휴게소를 저만치 등 뒤에 두고 오색 약수터로 가는 단풍잎 사잇길을 걷고 있었다.

서상록은 저녁 식사를 마친 후 몹시 지친 몸을 세 명씩 한 조로 짝을 이루어 자기로 되어 있는 오색 산장 숙소의 끝 방에 몸을 던졌다. 직원들은 언제 또 올지 모르는 오색 약수터에서 취흥을 맛보아야 한다며 산장 밖에 펼쳐 놓은 널평상의 술좌석에 아름아름 망설이거나 머뭇거리지 않고 자리를 잡았다.

서상록은 관광버스에 승차하여 학교를 출발 할 때부터 마셔댄 술의 양이 꽤 많았다. 막 학교에 부임한 신참은 아니었지만 젊은 축에 속하는 서상록은 동년배나 선배들의 술잔을 마다하지 않았다. 평소 주종을 가리지 않고 술을 즐기는 그로서는 굳이 사양하지 않고 채워진 술잔을 즉시즉시 비웠다. 거기다가 음치나 박치 수준은 아니어서 마이크를 잡았던 횟수가 많았고, 어눌한 동작이나마 차내에서 들려오는 여러 사람의 노래에 맞춰서 고삐 풀린 망아지처럼 몸동작을 심하다 싶을 정도로 나댔다. 그 탓인지 몸이 무겁고 피로하여 가벼운 몸살 기운이 돌았고, 몸의 여기저기가 쑤시고 저렸다.

오색 산장 널평상에서 와자지껄 술에 취한 소리가 메아리가 되어서 간간이 들려왔다. 시골에서 근무하는 교직원들은 품성이 고르고 성격이 모나지 않아서 사람들과 잘 어울렸다. 그들은 촘촘하게 엮어진 몇 평 되지 않은 관사에서 오랜 시간을 같이 살다 보니 서로의 형편을 유리알처럼 속속들이 잘 알고 있었다.

깊은 산골짜기 오색 약수터에서 깊게 익어가는 가을의 향기가 허름한 문틈 작게 뚫린 손잡이 구멍으로 가만가만 새어 들어왔다. 밤이 깊어지면서 단풍잎에 이슬이 앉기 시작했는지 깨끗하게 닦여진 녹녹한 단풍잎 내음이 코끝에 와 닿았다. 진홍빛 단풍잎과 살갗을 부비며 수런거리던 산바람도 제집으로 돌아갔는지 적막감만이 오색 약수터를 감돌았다.

고요한 정적을 깨고 멀리서 또르르 돌 구르는 소리가 아련하게 들려왔다.

제 몸을 씻고 또 씻어 더욱 청결해진 오색약수가 쉼 없이 돌돌 돌 구르는 소리가 환청인 양 나지막하게 들려오는 듯했다.

"서상록 선생님!"

미세하게 떨리는 소리와 다정하게 다가오는 음성은 분명 하성미였다. 밤늦은 시각도 그렇지만 전혀 예상하지 않았던 뜻밖의 목소리에 아연 긴장이 되면서 서상록을 당혹스럽게 만들었다.

"저 소주 한 잔 사 주실래요?"

뚜렷하고 투명한 목소리 속에는 청유를 거절하지 말아 달라는 굳은 의지가 엿보였다. 하성미의 심정을 꼭 짚어서 단정적인 판단을 내릴 수는 없었다. 하지만 미루어 짐작하건데, 누구에게도 말하지 못한 마음속에 쌓인 불편한 심정을 털어놓고 싶다는 감정이 있어 보였다.

그러함에도 하성미는 처음 보는 사람처럼 스스러운지 매우 조심하였고, 경직된 상태를 유지한 채로 서상록이 누워 있는 방문을 바라보지 못했다.

색깔이 바랠 대로 바랜 숙소의 방문은 하성미가 만들어 놓은 고요 속의 간청을 걸러내지 못하고 있었다. 그래서일까? 하성미의 적극적인 의사 표현은 서상록이 긴장하며 귀를 세우고 있는 방안으로 또렷하게 전달되었다.

먼 곳으로부터 소리 없이 다가오기 시작하는 거룩하고 아름다운 사랑의 단풍잎 향기가 하성미의 어깨 위에 고요하게 내려앉으며 오색 산장 서상록의 방안에 가득하게 채워졌다.

문틈으로 시선이 집중되었던 서상록은 정신을 수습하고 주섬주섬 바지를 꿰입고 방문을 열었다. 오색 산장 인근을 서성이며 돌아다녔는지 하성미는 이슬에 함초롬히 젖어 있었다. 살짝 숙인 고개의 뒷덜미에서 가느다란 파동이 일었다. 머리숱에 송골송골 앉아 있던 오색약수의 이슬 한 방울이 하성미의 코허리에 나붓이 떨어졌다.

"하성미 선생님!"

서상록은 이슬에 젖은 서상미의 머리칼에 눈길을 주면서 나지막하게 불렀다.

밤이 깊어지면서 주변 산장들의 간판의 불빛들은 꺼져 있었는데, 설악산장이라고 불을 밝힌 간판이 눈에 들어왔다.

"하성미 선생님! 가시겠습니까?"

하성미는 대답 대신 고개를 끄덕였다.

"제가 먼저 나가서 기다리고 있겠습니다."

교직원들은 널평상에서 배호의 〈돌아가는 삼각지〉와 최희준의 〈하숙생〉 이미자의 〈섬마을 선생님〉을 큰 몸동작으로 손뼉을 치거나 젓가락이나 숟가락으로 술상을 두드리며 이어서 부르다가 다시 술잔을 서로서로 마주쳤다.

오색 약수터는 사람들이 살아가는 여러 가지 형태의 생각들이 밤이 늦어질수록 인생의 깊은 의미를 술잔에 그러모아, 힘껏 술잔을 부딪치면서 세속의 찌꺼기들을 말끔히 털어내었다. 설악산 오색 약수터는 감정들이 얽히고설켜서 풀기가 어려웠던 문제들과 산더미처럼 쌓인 일로 맴돌이하며 살아가던 교직원들의 심중 소회를 다 받아들였다. 그리고 이 밤을 지켜보면서 함께 하는 단풍잎도 교직원들의 삶의 희비고락을 잎사귀 하나하나가 귀담아 들으며 살아가는 삶의 사연들을 소복소복 쌓아 가고 있었다.

하성미가 저만큼 뒤에 떨어져서 눅눅해진 단풍잎을 밟으며 설악산장 쪽으로 발걸음을 천천히 옮겼다.

오색 약수터에서 소리 없이 풍기는 고아한 사랑의 정취는 관광버스 안에서 안타깝게 머물렀던 갑갑함을 벗어나 서상록과 하성미의 사이를 자유롭게 오가고 있었다.

오색 약수터의 밤은 어둠이 조금씩 농익어 갈수록 두 사람의 거리를 점점 가까워지게 만들었다.

설악산장 입구에는 아름드리 느티나무가 당당하게 서 있었다. 오색 약수터를 찾았던 연인들이 손가락을 걸며 운명적으로 맺어진 사랑을 굳은 믿음으로 약속했을 터였다. 그래서일까? 느티나무 둘레에는 천지신명과 산신에게 이곳을 찾았던 연인들이나 내방객들이 소원을 빌며 쌓아 올렸을 돌무더기 여러 개가 놓여 있었다. 설악산장 간판 불빛을 희미하게 받는 돌탑들에서 경건함과 숭고미가 느껴졌다.

하성미는 3학년 담임을 맡고 있는 서상록의 부담임이었다. 부담임은 담임이 학급을 경영하는데, 보조 역할을 하는 업무상 상보 관계였지만, 실상은 담임이 모든 업무를 처리하는 게 상례였다. 부담임은 담임이 출장을 가거나 연가 또는 병가 그리고 기타 유고 사항이 있을 때, 담임 업무를 대신하는 게 일반적이었다.

그러나 하성미는 달랐다. 그날그날 교무회의에서 결정된 내용을 학급에 전달하는 조회 시간과 담임이 학급 운영을 하면서 미진했던 부분을 점검하는 종례 시간에 한 번도 빠진 적이 없이 교실에 입실하여 학생들과 자리를 같이했다. 교실 뒷좌석에 앉아서 학생들에게 담임이 훈화하거나 전하는 것들을 하성미가 교무 수첩에 기록한 사실들과 비교해 가면서 능동적이고 열성스레 참여했다. 청소 시간에도 담임이 미처 살피지 못한 부분을 아이들과 함께 쓸고 닦아내곤 했다.

하성미는 점심시간이 되면 교실로 먼저 갔다. 가정 형편이 어려워서 도시락을 싸오지 않은 학생들은 없는지 꼼꼼히 살폈으며, 틈나는 대로 진로 상담이나 아이들이 가지고 있는 고민들을 진지하게 나누면서 문제가 있다고 생각되면 해결 방안을 고민하곤 했다.

남녀 합반으로 구성되어 있어서 여학생들에게는 성의 정체성을 남학생들에게는 성의 본보기를 갖추게 하는데 훌륭한 상담 역할도 수행했다. 시대적 상황도 그러했지만, 시골이라는 여건이 아직도 가부장적 권위가 견고하게 자리 잡고 있는 터라, 여학생들의 고충을 들어서 적절하게 해결하는 하성미는 남학생들에게도 친근한 선생님으로 다가오도록 분위기를 만들어 나갔다.

하성미는 가정이 어려워서 중학교를 졸업하면 상급학교에 진학하지 못하고 도심 대처로 일자리를 찾아 고향을 떠나야 하는 학생들에게 더 많은 관심과 대화를 나누는 시간을 가졌다. 하성미는 학급 학생들에게 언니처럼 가까운 선생님이었고, 누님처럼 따뜻한 선생님이었다.

설악산장으로 가는 들머리에 두 아름 정도로 되어 보이는 느티나무에 먼저 와 있던 서상록이 설악산장을 바라보며 걸어오는 하성미에게 고개를 가볍게 숙였다. 밤이슬에 축축해진 단풍잎 한 장이 하성미의 앞가슴에 다소곳하게 붙어서 파란색 등산복 윗옷의 매무새를 갖추게 보이도록 해 주었다.

설악산장 입구 위에 설치된 간판에서 낮은 형광 불빛이 새어 나왔다. 하성미와 서상록은 느티나무로부터 서너 뼘쯤 떨어진 곳에서 개울가에나 놓여 있을 법한 조약돌을 하나씩 주었다. 하성미는 두 번째 돌탑 맨 위에 조약돌을 가만히 얹었다. 그리고 두 발을 모으고 손바닥과 손가락을 합하여 가벼운 합장으로 무언가를 소망하는 듯 입술을 달싹였다. 서상록은 하성미가 얹은 바로 밑에 조약돌을 올려놓았다. 하성미의 조약돌이 잠시 흔들리며 다시 자리를 잡았다. 서상록도 엄숙한 자세로 조용한 미소를 지으며 합장을 한 다음 다시 한 번 크게 허리를 반으로 꺾어서 소원을 빌었다.

"밤기운이 꽤 싸늘한데 들어가시죠."

밤이슬에 젖은 축축한 서상록의 낮은 목소리가 하성미의 뽀얀 귓바퀴를 스치고 지나갔다.

설악산장의 작은방에 자리 잡은 서상록은 작은 탁자를 가운데

두고 하성미가 앉을 수 있도록 방석을 놓았다.

이슬이 배인 하성미는 오색 산장에서 보았을 때보다 더 축축해 보였다. 깊은 산속의 깊어 가는 늦가을의 기온은 빠르게 내려가면서 하성미의 가벼운 등산복 차림의 옷 속을 파고드는 듯했다. 하성미는 가는 몸피를 움츠렸다. 서상록은 손수건을 주머니에서 꺼내 하성미에게 건넸다. 서상록이 입고 있던 등산복 윗옷을 벗어서 하성미에게 걸칠 것이냐고 물었다. 하성미는 또 대답 대신 고개를 끄덕였다.

오색 약수터의 환희와 오색 산장의 그리움과 설악산장의 아름다움이 사랑의 찬가가 되어서 두 사람을 축복하고 있었다.

"방이 하나 비어 있는데 주무시고 가실라면 말씀 하슈."

술과 안주를 주문받고 가던 나이든 노파가 두 사람을 번갈아 쳐다보면서 흘끔 눈치를 보았다.

하성미는 학급 사정을 담임이 알고 있는 것보다 더 많이 파악하고 있는 듯했다.

진아하고 경남이가 졸업 후에 부산으로 가서 임시 거처를 마련한 후에 공장에 취업을 하고 돈을 벌어서 정식으로 결혼식을 올린다고 했다. 수진이하고 민철이는 친했던 사이가 틀어져서 요즘 민철이가 농약을 먹을거라는 소문이 돌고 있다고 했다. 남학생 태경이는 수음을 하다가 여학생 경숙이에게 들켜서 쩔쩔매고 있다고 했다. 신기리에 사는 승식이는 여학생 화장실을 훔쳐보다가 온통 여학생들의 원성을 사고 있다고 했다. 평소 활동적이던 지은이는 수상한 행동이 잦았던 병수에게 성추행을 당해서 요즘 우울한 나날을 보내고 있다고 했다. 특히 놀라운 것은 교직원 연수를 떠나기 전날 정아가 임신했다는 소문이 돌고 있다는 사실을 들었는데, 학교에 가면 담임이 자세하게 파악해 보라며 권유했다.

하성미는 사안의 대소 여부나 보충할 필요가 있다고 여겨질 때면 가벼운 손동작과 몸짓을 섞어서 사실감을 더해 주었고, 아이들에게 벌어졌던 일들에 대한 현장 상황을 상기하도록 만들었다. 하성미가 전해주는 말들은 서상록을 곤혹스럽게 만들었다. 담임으로서 학급 경영을 하는데 마땅히 인지하고 있어야 할 사실들임에도 놓치고 있었다는 점은 반성이 필요했다.

그러나 굳이 변명하자면 학급 내에서 은밀하게 진행되는 세세한 정보까지 탐지해 내는 것은 어려웠다. 도심지보다도 면내 아이들은 담임선생님을 더 어려워했고, 설령 가깝게 접근하여서 말문을 여는 아이들일지라도 중요한 이야기는 얼버무리며 함구하기가 일쑤였다. 특히 일부 남녀 학생들은 낯가림이 심해서 담임선생님이 가까이하는 것 자체를 꺼리거나 아니면 차단막을 치고 몸을 숨기는 바람에 접근이 불가한 아이들도 있었다.

하성미는 소주 한 잔을 마시겠다면서 불그레해진 얼굴을 가볍게 쓸어내고는 잔을 입에 대었다.

"요즘 김진자 선생님 때문에 괴로워요."

하성미는 빈 소주잔을 탁자에 가볍게 놓으면서 서상록을 바라보지 못하고 고사리나물을 술안주로 집었다.

아마 오늘 서상록을 찾은 궁극적인 연유인 듯했고, 해결할만한 답을 얻어 내려고 하는 내적 욕구가 그늘진 얼굴에 서려 보였다.

"두 분 사이는 꽤 가까우신 것으로 저는 알고 있는데요."

서상록이 의아하다는 표정으로 쓸쓸한 수심기가 어린 하성미를 바라보았다.

"음, 표면적으로 보면 그럴 수 있을 거예요. 저와 김진자 선생님은 크지 않은 저희 학교나 좁은 공간의 관사 생활에서 같이 있는 시간이 많았으니까요."

면내 소재지 인근에서 하숙하고 있던 서상록은 작고 좁은 선생님들의 사적 공간인 학교 관사 출입을 극도로 자제해 왔다. 그 이유는 조중익 선생님의 농담 반 진담 반으로 하는 말에서 찾을 수도 있었다. 언어 구사 과정에서 과장이 심하고 아들이 둘인 조중익 선생님은 관사 생활을 하다 보면 옆집 소갑철 선생님이 황소 방귀를 뿌웅 뿌웅 뀌는 소리에도 관사 방문이 팔짝댄다는 것이었다.

하성미는 술기운이 조금 올라오는 듯 연신 얼굴을 물수건으로 톡톡 찍어 누르며 흐트러지려는 자세를 다잡았다.

"제가 실례가 될지도 모르는데 여쭈어 봐도 괜찮을까요?"

하성미는 이번에도 대답 대신 고개를 끄덕였다.

"두 분 사이에 어떤 감정 상하실 일이 있었을까요?"

하성미는 역시 고개를 끄덕였다.

고개를 가볍게 움직이는 이번 자세는 조금 달랐다.

오색 산장이나 설악산장에서 서상록을 대면하면서 대답을 대신해 고개를 끄덕일 때는 매우 부드러워 보였다면 이번에 고개를 끄덕이는 동작 속에는 강한 불신이나 거북한 표정이 얽혀서 보였다.

광주가 고향인 김진자는 사회과 선생으로서 성깔이 사납고 고약했으며 성품 역시 모나고 까다로웠다. 살이 붙어 있지 않은 강파른 얼굴에 말 한마디 한마디가 억세고 거칠었다. 그런 김진자는 자신과 관계가 있는 사적 대화나 업무상의 대화에 직장 동료들에게 짜증 섞인 말을 톡톡 쏘아 붙여대곤 했다.

중장년의 선생님 중에는 고장 토박이들이 많아서 후배 교사들을 형이 동생을 다독이듯이 따뜻하게 배려했다. 그래서 선생님들이 학생들의 교육 활동에 효율성을 높이기 위한 교수 학습 활동을 할 수 있도록 화목을 중시하며 원만하게 교무실을 이끌어 나갔다. 그런데 김진자는 자신에게 살가운 정으로 친근하게 다가가려는 선배 선생님들이 무안해할 정도로 냉정하게 또박또박 말을 끊어서 잘라 버리는 적이 한두 번이 아니었다.

그러다 보니 선생님들은 김진자가 강고하게 둘러놓은 그녀의 성역에 함부로 들어가기를 꺼렸다. 어떤 동기가 작용했는지는 모르겠으나, 독자적으로 구축한 자기 세계의 영역 안에 타인의 접근을 원천 봉쇄하려는 그녀의 저의를 이해하기란 쉽지 않았다.

김진자가 직원들과 견고한 담벼락을 세워 놓았지만 뚫린 구멍은 있었다. 김진자는 동갑내기인 하성미와 기혼자 중에서 유일하게 관사에 입주하지 않고 면내 장터 인근에서 거주하는 이동옥과는 사분사분 말문을 열었다.

하성미와 김진자는 목포에 있는 여고 동창생으로 알려졌다. 여고 2학년 때 같은 반이었다는 것이었다. 성격이 까탈스러운 김진자가 하성미와 소통할 수 있었던 까닭은 하성미의 성정이 매끄럽고 부드러운 측면도 있었지만, 하성미는 김진자의 타인에 대한 푸념이나 비방을 싫어하는 기색 없이 모두 수용해 주었기 때문이었다.

이동옥과의 관계가 꺼림칙하게 생각돼 왔는데, 기어이 사달이 나고 말았다. 듣기만 하고 마주치지 않았으면 문제가 되지 않았을 텐데, 생각지도 못한 곳에서 맞닥뜨렸기 때문에 문제가 되었다.

김진자는 빈말처럼 스쳐 지나가듯이 이동옥과 토요일이나 일요일이면 광주 다방에서 차를 마셨다. 공원에서 팔짱을 몇 번 껴보았는데 기분이 썩 좋았다. 영화관에서 이동옥이 살며시 어깨에 손을 얹을 때면 육감이 찌릿했다. 어느 날 밤늦은 시간에 자신을 와락 끌어안고 입맞춤을 격렬하게 했다. 김진자는 이동옥과 만나서 있었던 일을 예사롭지 않게 늘어놓곤 했다.

4월 5일 식목일이었다. 주중에 끼어 있는 휴일이어서 하성미는 필요한 생활용품을 사러 대처인 순천에 나갔다. 몇 가지 물건들을 사 들고 순천 버스 정류소에 들어가기 위해서 횡단보도에서 잠깐 멈췄다. 순간 이쪽과 저쪽 모두 흠칫 놀라 물러섰다. 김진자와 이동옥이 아직까지 해가 쨍쨍한데도 정류소 앞 여인숙에서 시시덕거리며 손을 잡고 나오는 것이었다.

'인간은 동시에 신과 같은 동물이다.' 라고 정의한 학설에 전적으로 동의한다. 다만 신의 개념을 초월적 존재자로서 특정하여 한정하는 점은 고려하도록 하자.

인간은 신의 형상이며, 신과의 관계를 통해서 인간의 존재성을 발견하고자 한다. 그러나 인간은 동물이다. 그러기에 인간은 본능과 욕망에 의해서 자신의 행동이 발현된다. 인간은 이 두 가지 부분을 조화시키기가 쉽지 않고, 때때로 이 두 가지는 이율배반적이고 부딪치는 상황에 직면하기도 한다.

이러한 인간의 본성은 개인과 사회에서 다르게 나타난다고 했다. 개인은 개인 윤리적 관점으로 사회는 사회 윤리적 관점으로 바라볼 수 있다고 했다.

개인 윤리가 개인의 양심과 도덕성에 바탕을 두고 해결해야 한다고 본다면 사회 윤리는 정책과 제도 등의 개선을 통해 문제를 해결한다는 시각이다.

그렇다면 은밀하게 진행된 개인이란 자격의 처녀와 가정을 꾸리고 살아가는 정부와의 간통을 개인 윤리적 측면으로 접근하려고 보면 해석상의 난해함이 존재하고, 사회 윤리적 측면으로 풀어 보려고 한다면 개선해야 할 문제점은 없는지 사회적 의사 결정이 필요한 문제이다.

　현실 사회는 성별과 관계없이 미혼자와 기혼자가 성적 관계를 맺는 것은 매우 적절치 못하다고 법으로 규정하고 있다. 특히 미혼 여성이 정부와 벌이는 성교 행위는 철저하게 마녀로 둔갑시키려고 혈안이 되었고 웃음을 팔아 돈을 버는 타락한 탕녀 격으로 치부해 버리곤 했다.

　개인 윤리나 사회 윤리는 이러한 성적 욕구를 전염병 환자처럼 격리하거나 병적 이상 증세로 치부해서 철저히 사회로부터 배제하려는 분위기였다.

　김진자는 인간이 자기 주도적으로 결정하는 성적 영역에서 개인 윤리와 사회 윤리가 모순되고 충돌하는 지점이 있다는 것을 알고 있는 듯했다. 남녀 간의 성적 결합은 미혼이냐 기혼이냐 라는 혼례의식으로 나누어질 수 있는 윤리 의식이 아니라는 확신이 있어 보였다. 성적 결합은 인간의 자유 의지에 의해 자유롭게 선택할 수 있다는 지론도 가지고 있는 듯했다.

　김진자는 순천에서 마주쳤던 그날 이후로 하성미가 의아해하는 빛을 확연하게 드러내고 평소와 다른 수상한 기미를 자신에게 보이자, 꽃무릇이 시들고 밤바람이 썬득거리기 시작하는 상강 무렵의 서리처럼 차갑고 매정하게 변하기 시작했다.

김진자의 목소리는 분명하고 카랑카랑해졌다. 쏘아보는 눈초리는 날카롭고 경멸에 차 있었다. 필요 이상의 몸동작으로 적대감을 확실하게 나타냈다. 사사건건 대립의 각을 넓혀서 싸움을 걸려고 했다. 관사의 식구들이 눈치채지 못하도록 의도적이고 고의적인 행동을 반복했다.

하성미가 오늘 설악산장이라는 공간에서 탁자를 사이에 두고 전달하는 언어 구사는 서상록이 교무실이나 공적, 사적인 자리를 통해서 알고 있었던 대화 방식과는 상당히 달랐다. 진중하고 신중한 자세는 대체적으로 유지되었으나, 공격적 주도형이었고, 억압되어 있던 상황을 하소연하다 보니 친교의 성격보다는 이해를 구하려는 호소력의 색채가 강했다. 하성미는 유대 관계의 틀을 가지기 위해서 대화 시간을 가졌다기보다 감정이나 강박관념을 표출하려는 웅변의 힘이 있어 보였고, 과장과 은유보다 사실과 직설적인 표현으로 긴 시간을 들여 이야기를 마쳤다.

하성미가 서너 차례 소주잔을 더 기울였을 때는 옅게 취한 기색으로 눈언저리가 불그레했다. 하성미의 얼굴에 더없이 외로운 오색 약수터의 어둠이 내려앉았다. 하성미의 눈에서 마음속 깊숙한 곳에 자리 잡고 있던 질척질척한 서러운 눈물방울이 탁자 위에 툭 떨어졌다. 설악산장의 소리 없는 어둠은 어느새 열두 시를 넘어 한 시 방향으로 가고 있었다.

서상록이 힘을 내시라고 하자 하성미는 고개를 끄덕이며 서글프게 웃었다. 웃음 속에 고적하고 고요한 그리움이 묻어 나왔다.

"제가 도움을 드릴 수 있다면 무엇일까요?"

서상록은 옷매무새를 수습하고 있는 서상미에게 방해가 되지 않도록 나지막하게 물었다.

"선생님! 제 마음 안에서 요동하며 저를 아프게 만들었던 저의 생각을 선생님께 말씀드린 것만으로도 많은 도움이 되었어요."

하성미도 그동안 쌓여있던 심리적 부담과 타인으로부터 자신의 인격에 가해졌던 멸시와 모욕이 덜어지는지 홀가분한 마음으로 변해 가고 있었다.

깊은 산속 오색 산장으로 가는 길은 새까만 어둠이 두껍게 쌓여서 적막하고 고즈넉했다. 서상록의 두 발짝 정도 뒤에서 발걸음을 옮기고 있던 하성미는 설악산장에서 걸쳤던 서상록의 윗옷이 아직도 자신의 몸을 감싸고 있다는 것을 알았다.

서상록의 윗옷을 벗어서 팔뚝에 걸었다. 얇게 묻어 있는 이슬방울을 털었다. 앞서가던 서상록의 넓은 등 뒤에 등산복을 덮었다. 차가운 이슬에 젖은 어깨였지만 따뜻한 온기가 하성미의 손가락 끝에 와 닿았다.

서상록에게 건네기 위해서 옷을 벗자 밤 깊은 오색 약수터의 한기와 식어 가는 술기운 탓인지 어깨를 따라서 내려오는 하성미는 팔등에 잔물결이 일 듯 소름이 오스스 치는 것을 느꼈다. 서상록은 하성미의 가는 손목과 팔등을 깊어 가는 오색 약수터에서 들려오는 약수 떨어지는 소리를 들으면서 가만히 바라보았다. 하성미가 서상록의 눈길을 받아내지 못하고 열없이 오색 약수터의 빨간 단풍을 닮은 얼굴을 붉히면서 한 걸음 떼었다.

오색 산장에 닿았을 때는 모두가 잠들어 있었다.

10월 26일 금요일에 일어났던 현직 대통령 시해 사건은 오색 약수터에 전해지지 않았다.

어떤 군인

　건설업에 종사하는 권현수를 광주에서 만난 것은 봄 방학이 끝나가는 2월 말 무렵이었다. 권현수는 몇 년 전 대학교 동창인 친구에게 소개 받았는데, 광주에 볼 일이 있을 때마다 만나서 차 한 잔 나누는 지기였다. 권현수의 키는 작달막했지만 가슴팍이 떡 벌어지고 다부진 몸매를 가졌다. 군에서 제대하자마자 부모님의 강권으로 일찍 결혼하여 건설업으로 꽤 돈을 벌었다는 권현수는 상당히 미녀인 제 마누라를 두고도 오입질을 일삼는 난봉꾼이었다. 사뭇 엉뚱한 난봉쟁이인 권현수지만 마음 씀씀이가 속되고 고약하지 않아서 고등학교 동창들 사이에서는 사람 좋기로 소문이 나 있다고 했다.

　"야, 나는 좋겠다. 가만가만 분필 잡고 서당 훈장입네 함서 신선놀음이나 하고 있으니 말이다."

권현수는 다방 의자에 앉자마자 담배에 불을 붙이면서 목청 굵은 목소리로 호들갑을 떨었다.

　"어허, 어째 우리 오 마담이 요런 곱상헌 샌님을 혼자 앉어 있게 만들었단 말이랑가?"

　반대편 큰 길이 바라보이는 창문 쪽에 약간 늙수그레해 보이는 손님과 마주 앉아서 잡담을 늘어놓다가 권현수가 문을 열고 실내에 들어오는 것을 보지 못한 마담을 향해서 화를 내는 시늉을 지어 보이며 바짝 마른 투정을 날려 보냈다.

　"어머, 어머, 권 사장님! 어쩜, 좋아. 요즘 요 채린이 멀리 두고 딴 여자 챙기시나 봐. 통 우리 집 걸음도 안 하시고."

　눈웃음을 살살 치며 사르르 말아 올린 치맛자락을 사각거리며 애교가 잘잘 넘치는 마담이 너스레를 부리며 몸을 바짝 붙여 권현수 옆에 앉았다.

　"어머, 권 사장님 친구분이셨어요? 글쎄, 저 같은 게 가까이하기에는 너무 점잖으셔서."

　마담은 단정하게 여민 옷고름 끝으로 눈물을 찍어 내는 척 딴전을 부리며 권현수의 어깨에 고개를 묻었다.

　"아서, 아서, 마담이 눈물을 찔끔거린다고 이 친구가 바람에 먼지가 훅 날리듯이 가벼운 사람이 아니니까."

　권현수는 마담의 샅에 손을 깊숙이 찔러 넣으면서 능글맞은 묘한 웃음을 입꼬리에 매달았다.

"어허, 내가 메칠 현장에서 죽자 사자 일헐 동안 마담은 딴 남정네 품에 안겨 있었구면. 안직까지도 마담 아랫도리에 뜨끈뜨끈한 열기가 남아서 고대로 있구만 그려. 인자 나도 여그 발길 끊어야 될라는 갑다."

권현수가 짐짓 놀랍다는 모습으로 이마에 주름살을 잡더니 화가 난 표정을 지으며 마담의 허벅지를 토닥토닥 두드렸다.

"아휴, 권 사장님! 몰라. 몰라. 이 채린이 마음도 몰라주시고. 그렇게 얄망궂게 말씀하시면 권 사장님 기다리고 기다리다 세캄하게 타버려서 쓰리고 아린 이 채린이 속마음은 어떻게 하시려고. 제가 권 사장님만 주야장천 기다리고 오매불망 그리워하는지 잘 아시면서. 아잉, 난 어쩌면 좋아."

마담은 찔끔 눈물을 흘렸는지 눈썹 화장이 지워진 채로 혀를 쏙 내밀고 빨갛게 칠해진 연지 입술로 권현수의 뺨에 입맞춤을 했다.

"마담이 먹물 꽤나 먹은 사람인 양 어려운 문자를 척척 쓰는 것을 보니 내 마음은 딱 풀리지만서도 이 친구가 코웃음을 칠랑가도 모를 일이시."

권현수는 아직까지 입을 봉하고 멀거니 두 사람을 쳐다보고 있는 서상록을 향해서 말풍선을 만들어 건넸다.

서상록은 두 사람 사이를 오가는 가식 없는 대화를 들으면서 끈끈하고 진득한 찹쌀 반죽으로 만든 쫄깃하고 맛있는 인절미를

떠 올렸다. 그 인절미에는 사람 사는 세상의 콩고물이나 팥고물
이 묻어 있다는 것을 알았다.

"오 마담! 이 친구 총각이지만 그래도 어데 심 쓸데가 있을지
도 모르니, 미리미리 몸보신해 놓아야 안 되겠다고. 얼른 가서 따
끈한 커피에 계란 노른자 둥둥 띄워서 두 잔. 허고, 말이야. 오
마담은 오늘 밤을 위해서 음기를 보충할 양기를 잘 돌게 하는 생
강차로 가져오고."

"어머나, 권 사장님! 해가 빠질라면 아직도 당당 멀었는데 돌
부처 같은 친구 분이 흥보시겠어요."

오 마담은 갸름한 손가락으로 커피 두 잔, 생강차 한 잔을 셈
하면서 강아지풀이 한들거리듯이 주방으로 걸어갔다.

"아야, 상록아! 세상은 개판, 군대는 씹판이다더라. 요렇게라
도 안 살면 뭔 맛이로 살아가겠냐."

권현수는 탁자 위에 놓여 있는 재떨이에 신경질적으로 담뱃불
을 비벼 껐다. 끓어오르는 부아를 참지 못해 말아 쥔 두 주먹을
바르르 떨었다. 개판, 씹판이라는 말과 두 가지 동작은 거의 동시
였다.

권현수의 말은 오 마담과 짓궂다 싶은 정도로 기세를 빳빳이
세우고 되바라지게 나누던 표현 방식과는 달랐다. 사업상의 문제
이거나 아니면 사회생활 중 대인관계에서 오는 믿음과 의리라는
의미 체계가 허물어진 언어를 구사하고 있었다.

그리고 지금 권현수의 언행은 언어를 통해서 전달하려는 현실에 대한 울분이었고, 몸짓 언어로 자기의 감정이나 현재의 상태를 통제하려는 신호이기도 했다. 말과 행동으로 친구인 서상록에게 특정한 내용 또는 경험했던 정보를 표출하기 위한 행동이었음은 분명해 보였다.

서상록은 권현수가 순간적으로 발끈하여 흐트러진 분위기를 수습할 필요가 있다고 판단했다.

"내가 보니까 오 마담은 다방업에서 일하는 사람들에게서 느껴지는 상스럽거나 교양이 없는 여자는 아닌 것 같던데, 오늘 오마담과 함께할 기분 좋은 밤이 너를 기다리고 있잖니."

바람둥이로 소문난 권현수의 성깔을 누그러뜨리기 위해서 즉흥적으로 떠 오른 생각이었다.

권현수는 잠깐 생각을 정리하더니 큼큼 헛기침을 토해냈다.

"내가 오랜만에 만난 니 앞에서 던적시럽게 마담과 노닥거리다가, 잠시 정신이 돈 놈만치로 거칠게 성질을 부렸는가 본데, 이해해라."

권현수는 뾰족하고 날카로워졌던 얼굴부터 수습했다. 언성을 높이고 불손한 태도에 곤혹스러워하는 서상록의 눈길을 피하면서 나지막하게 말했다.

"남이 나를 범하지 않으면 나도 남을 범하지 않는다. 만약 남이 나를 범하면 나도 반드시 남을 범한다."

책을 그다지 많이 읽지도 않고 읽을 시간도 없지만, 우연히 금서로 되어 있는 어느 책에서 몰래 훔쳐 읽었다면서 마오쩌둥의 말이라고 했다.

지난날 쿠데타로 성공한 군인들 세상에서 이름만 달라졌을 뿐 또 다른 군인들 세력이 절대 지배 권력으로 사회 전반을 요동치게 만들고 있었다.

국가의 안전보장과 국민의 생명과 재산을 보호하기 위하여 군인 정신을 지키려는 참다운 군인들이 다수였다. 그러나 그런 군인 조직에 돼지 왼 발톱과 같은 일부 군인이 있었다. 그들은 적의 기밀보다 아군 내의 동태를 탐지하는데 관심이 많았다. 그들은 탐욕으로 가득 채워진 터무니없는 야욕을 실현하기 위해 비밀리에 강력한 사적 조직을 구성하여 작동시켰다.

그들은 상하 복종 관계로 기존의 질서를 뒤엎고 새로운 정치 권력의 실권을 장악해 가고 있었다. 그들이 틀어잡은 정치권력은 남자를 여자로, 여자를 남자로 만드는 일도 해낼 수 있는 마법사와 같은 요술을 부려서 사회 전체를 불안하게 만들었다.

그들 중 위관, 영관, 장성급 장교의 지휘봉은 마법의 지팡이 같았고, 그들의 제복은 마법의 양탄자 같았고, 그들의 정보는 마법의 거울 같았고, 그들의 군화는 마법의 병 같았고, 그들의 훈시는 접근하기 불가한 마법의 성 같았다.

그러나 마법사인 것처럼 불가사의하던 그들은 사이비 마력을 가졌었는지 할 수 없는 것이 많았다.

바람을 따라서 흘러가는 구름을 만들 수 없었고, 구름이 있어도 비를 내리게 할 수 없었고, 비가와도 비를 그치게 해서 태양을 보게 할 수 없었고, 태양이 있어도 태양의 열기를 조절할 수 없었다.

그들은 가을, 겨울, 봄으로 바뀌는 동안 절대적인 정치권력의 정점에 서는 기묘한 술수꾼들이었다. 하지만 봄이 오기 전 앙상하던 나뭇가지에 인위적으로 새순을 돋아나게 하는 힘은 없었다.

사계절의 순환을 총칼로 막을 수 없었다. 정적을 물리적으로 제거했는지는 모르지만, 자연의 질서를 인공적으로 조절할 수 없는 나약한 정치 권력자들이었다.

그들은 절대적이고 긴요한데도 할 수 없는 것이 또 있었다. 무소불위의 정치권력이었지만 그들의 행위에 환멸을 느껴서 뒤틀어진 사람들의 마음이었다.

사람들의 호의적인 마음은 싸늘하게 밀려가고, 독기를 품은 감정은 도도하게 밀려왔다.

사람들은 침묵하고 있는 것처럼 보였지만, 거대한 분노와 노여움으로 깊이 상처 난 마음을 빈틈없이 매웠다. 그들이 함정을 파 놓고 거미줄처럼 감시망을 쳐놓은 것 같았지만, 사람들은 오가면서 마주치는 눈빛으로 결기를 세웠고, 예사롭게 보이지 않는 몸동작으로 뜻을 모았다.

사람들은 예리한 포착 능력으로 현실 상황을 지켜보면서 때를 기다렸다. 정치군인들이 자행하는 부조리 또는 모순을 인식하면서 타도해야 할 대상으로 삼고 적의를 쌓아 갔다.

그렇게 사람들은 이심전심 하나가 되어 가고 있었다.

간교하고 약삭빠른 출세주의자들 빼고는, 역사의 시계는 쉬지 않고 달려왔고, 그침 없이 달려갈 것이었다.

일단의 정치군인들이 불법 사조직을 이용하여 군사 반란이 일어났던 세밑 어느 추운 날이었다.

권현수는 건설 현장에 나가지 않고 사무실에서 연말 결산 회계 장부를 정리하고 있던 차에 처음 보는 군인 한 명의 갑작스러운 방문을 받았다. 야전상의 견장에 붙은 중령이라는 계급이 형광 불빛에 비치자 유난히 눈부시게 번뜩였다. 군인 제복이 주는 묵직한 위압감과 번쩍번쩍 광이 나는 듬직한 군화에다가 키는 훤칠하게 커 보였고 눈매가 유난히 날카로웠다.

그는 무뚝뚝한 표정으로 대뜸 손을 내밀면서 악수를 청하였다. 온기 없는 차가운 기운과 악력이 느껴졌다.

"처음 뵙겠소."

의례적인 건조한 인사말이었다.

군 내부 정보 계통에서 근무하고 있는데, 요즘 정국 상황에 중압감을 느낀다고 했다. 이름만 대면 뜨르르한 서울의 막강한 권력 실세인 기동세가 군 동기이자 친구라면서 흔치 않은 명함을 내밀었다. 명함에는 주제갑이라고 한자로 박혀 있었다. 부대 내로 초청할까 하다가 소란한 시국인지라 민간인의 출입이 통제되었기 때문에 직접 방문하게 되었다면서 세부적인 설명을 덧붙였다.

주제갑은 사무적인 말투로 권현수의 근황은 어떠하냐? 사업에 어려운 형편은 없느냐? 몇 가지를 어떤 사건의 배후 인물을 밝혀내기 위해 혐의자를 취조하듯 건조한 말투로 물었다.

"차 한잔하시겠습니까?"

여직원이 커피를 타 오자 고맙다는 말과 함께 여직원의 아래위를 훑어보고 나서 커피 잔을 들었다.

주제갑은 동기들 모임 때 기동세와 함께 찍은 사진이라면서 낡고 색깔이 바랜 흑백 사진을 보여 주었다. 아마 과시용으로 소지하고 다니는 듯했다. 본인과 기동세를 손가락으로 가리켰다. 오래된 흑백 사진이 그렇듯이 희미한 듯 누리끼리 바랠 대로 바랜 사진 속 인물의 진위를 파악하기가 쉽지 않았다. 사적인 모임에서 찍었다면서 소주잔을 마주치고 건배하는 빛바랜 사진도 꺼내 보였다. 역시 누르스름하게 바래버려서 확인하기가 힘들었다.

주제갑은 기동세 등 동기들이 소위 임관 시에 기념으로 만들었다는 왼손 약지에 낀 반지를 보여줬다. 기동세에게 안부 겸 전화를 해 보겠다면서 양해도 구하지 않고 수화기를 들었다. 다이얼을 도르륵 도르륵 돌렸다가 바쁠 터이니 나중에 해야겠다면서 수화기를 전화기 위에 철컥 올려놓았다.

주제갑은 요즘 광주 시민들의 동향을 낱낱이 파악하여 사안에 따라서 실시간 또는 수시로 서울 사령부에 보고한다고 했다.

"권 사장 뭐 아는 게 있소?"

묵직하게 착 내리깐 목소리에는 마치 무엇인가 알고 있으니까 사실 그대로 말해 보라는 메마른 음색이었다.

"그리고 여자관계가 정상적이지 않다는 첩보도 받았소."

연이은 권현수를 향한 두 개의 화제 속에는 한 개인에 대한 사상적 불신과 도덕적 비웃음이 뒤섞여 있었다.

권현수는 자신이 중요한 사실을 은닉하고 있는 범죄자와 같은 착각을 일으킬 정도로 전율하고 혼란에 빠졌다. 오금이 저릿하였다. 가슴을 송곳으로 쑤시는 것 같았다.

"권 사장 친구 중에 의식 불순분자는 없소?"

주제갑은 상대를 정면공격 하는 방법보다 에둘러 가면서 위축시키는 화법을 구사하고 있었다.

자칫 잘못 대답했다가는 그가 쳐놓은 그물에 옴짝달싹 못 하고 걸려드는 물고기와 다를 바가 없을 것만 같았다.

행동에 과격성만 없었지 바늘 끝으로 콕콕 찌르는 듯 그의 매서운 어감이나 어투는 독특하였다.

"우리 정보 요원들이 곳곳에 침투하여 정보를 입수하고 있소."

주제갑은 곳곳에 힘을 더 주었는데, 곳곳이 의미하는 바는 사무실, 언론사, 노동 현장, 시장, 대학교, 종교시설 등 사회 전 분야에 걸쳐서 보이지 않게 활동하는 것이라고 부연 설명했다.

"현재 시국에 대해서 광주 시민의 의식은 어떠하오?"

굳이 이렇게 묻는 것은 우리가 수집한 정보와 어느 정도 일치감이 있는지 알아보고자 하는 것이라고 했다.

"몇 개월 전 모 대학 공사현장에서 작업한 것으로 알고 있소?"

주제갑은 정치 결사체나 정치인보다 대학생들의 움직임을 예의 주시하고 있는데, 대학교에서 일하면서 특이한 말을 들었으면 아는 대로 말해주면 좋겠다고 했다.

알고 있다면 의식의 경향이 어떠하냐며 심각한 척 물었다.

"이 새끼들을 싹 잡아들여야 하는데."

주제갑은 못마땅한 듯 날카로운 눈초리로 무언가를 알고 있을 것이라는 표정으로 권현수를 쏘아 보았다.

근엄한 얼굴에 정자세를 취한 채 미동도 없이 권현수의 흉중을 꿰뚫어 보는듯한 딱딱한 인상은 정말로 그가 정보 계통에서 일한다는 사실을 입증하는 것처럼 보였다.

그렇지만 사람에게는 완벽한 것은 없는 것 같았다.

겉으로는 근엄하면서 빈틈없이 상대를 압도하는 척하고 있어도 시간이 흐르면서 조금씩 부실한 흔적들이 나타나기 마련인데, 주제갑도 이와 마찬가지로 자신이 많이 알고 있다는 식자들이 빠지기 쉬운 자가당착이 그의 말과 행동에서 무의식적으로 드러나곤 했다.

주제갑은 대화라기보다 수사관이 용의자를 심문하는 것과 유사한 억압된 분위기 속에서 군의 역할과 책무를 마디마디마다 언급했다.

"정치란 말이오, 난장굿이오. 그러니 어찌해야 하겠소. 두말할 나위 없이 힘센 우리 군인들이 판을 장악해야 하지 않겠소?"

주제갑은 의자 손잡이에 걸쳐져 있던 팔꿈치를 풀어 젖히더니 손바닥을 탁탁 마주쳤다.

"민간인들은 병약해서 국가를 경영하기에는 무리라는 게 내 생각이오. 그러니 그들이 집권하면 사회가 혼란스럽고, 더 나아가 국가가 위태로워진단 말이오."

그는 흐트러지지 않은 머리카락을 쓸어 넘겼다.

"우리가 국부라고 일컫는 이승만 박사 말이오. 사실 이 박사 시절에도 실질적인 정치적 힘은 우리 군인들이 가지고 있었단 말이오."

왼발을 들어서 바닥을 톡톡 쳤다.

"이 박사가 정권을 유지하기 위해서 군을 이용했다는 말은 틀린 말이오. 우리 군인들에게 힘이 있으니까 군에 의지했다는 게 더 정확할 거요."

주제갑은 애써 헛웃음을 지었다.

"그런데 말이오. 이 박사가 무사히 임기를 마치고 물러난 이후, 사람들이 독재입네, 어쩌고 하면서 그렇게 열망하던 민간 정부가 들어서니까 어찌 됐느냔 말이오."

주제갑은 이승만이 하야한 사실 여부와 관계없이 한심하다는 표정을 지으며 혀를 쯧쯧 찼다.

"그래서 그 꼴을 보다 못한 우리 군인들의 우상이셨던 대선배님께서 혁명을 일으켜서 흐트러진 국가의 기강을 바로 세우고 형편없던 국가 경제를 부흥시키지 않았소."

입이 타는지 차를 한 모금 삼켰다.

"그런데 천하에 둘도 없는 불한당 녀석, 권 사장도 알잖소? 그 배은망덕한 놈이 우리 민족의 절대적인 희망이요, 어두운 밤의 등불과도 같은 성군이셨던 영도자 각하를 시해했으니……."

주제갑의 억양은 처음보다도 조금 높아졌고, 열기 오른 얼굴의 입가를 쓰윽 문질렀다.

"지금 이 어려운 난국에 정치인들이 여기저기 나서서 어쩌고저쩌고하고 있는데, 정치는 군인이 해야 한다는 말을 되풀이하고 싶지 않소."

정치인을 포함한 모든 일에 민간인들이 설치는 꼴이 아니꼽고 가소롭다는 표정이 얼굴에 가득 찼다.

"나는 현재 이 시점이 과도기이기는 하지만, 시간이 조금만 지나면, 아니 아니요. 이른 시간 내에 우리 시대가 원하는 걸출한 군인다운 군인이 이 어려운 현실을 극복해 나갈 것이라 굳건히 믿고 있소."

주제갑은 주저하거나 부끄러움이 전혀 없었고, 당연히 그러할 것이라는 자신만만한 결기로 가득 차 있었다.

"유교적 민본주의를 바탕으로 건국된 조선 왕조 시대의 27명 군왕 중 나는 7대 임금이었던 세조를 으뜸으로 숭앙하고 있소."

주제갑은 현대사를 이야기하고자 갑자기 시대를 수백 년 끌어올려 조선 왕조의 한 인물을 입에 올렸다.

"세조는 자신의 정치적 야망을 실현하고자 몇몇 문신들이 목숨을 내놓고 반대 의견을 제시했지만, 절대적 힘을 행사하여 집권에 저항하는 자들의 목을 가차 없이 모조리 베어 버렸소."

주제갑은 요대에 착용된 권총을 과시적인 행동으로 꽉 쥐었다가 담배를 꺼내 불을 붙였다.

"그런 죽음의 공포에 사로잡힌 문신들은 어떤 행동을 취했겠소?"

깊숙이 빨아들인 담배 연기 한 모금을 바라보고 있는 권현수에게 훅 뿜어냈다.

"그들은 목숨만은 보존해야 하겠다는 생존의 길을 택했소. 살기 위해서 자기를 배반하고 칼을 든 자의 불알이라도 핥기를 주저하지 않았소. 결국, 그들은 잠시 잠깐의 생명을 연장하고, 한 몸의 부귀와 영달을 위해서 절개를 굽히고 권력 앞에 무릎을 꿇었단 말이오."

주제갑은 치열한 전투에서 이긴 장수처럼 득의만만하였다.

"제주 4·3 당시 진압군 연대장이었던 박진경 중령의 명문이 있소. 연설문 내용은 길지만 한 문장만 말해 보겠소. 내가 권 사장에게 말하려고 하는 의미가 함축되어 있을 테니, 들어 보시고 평가하시오. '제주도민이 다 죽어도 좋으니 우리가 필요로 하는 것은 제주 섬이다' 라고 했소. 어떻소?"

과녁의 중심을 목표로 삼아 화살을 쏘는 듯 하는 주제갑의 말 끝에는 강한 적개심과 증오심이 불타고 있었다.

"무슨 뜻인지 짐작이 갈거요. 나는 이번에 뜻을 함께 모은 우리 군인들이 일으킨 거사에 단 한 마디라도 반대하는 의견을 내거나, 물리적으로 방해하는 세력이 있다면 깡그리 씨를 말려야 한다는 게 나의 굳건한 믿음이자 지론이요."

뱀이 가늘고 긴 혀를 내밀어 먹이를 사냥하려는 자세의 지독한 살의가 주제갑의 몸속에서 꿈틀거렸다.

해방 후 우리 사회는 급격한 격동의 시대를 겪으며 우여곡절 끝에 70년대를 맞았다. 칼날 위에 선 불안정한 정권은 정치권력을 연장하기 위해서 상상할 수 없는 폭거, 암투, 음모를 반복적으로 자행했다. 그러던 중 정권이 끝장나는 대통령 시해라는 정치적 사건이 일어났다. 이 사건은 80년대를 알리는 벽두부터 격변의 소용돌이에 휩쓸릴 수밖에 없는, 피의 기록으로 남을 달력이 기다리고 있었다.

주제갑의 시대와 난국에 대한 해법은 간단명료했다. 결국, 살아남는 자만이 어떤 경우든 현명한 인간일 터이니, 죽음의 칼날을 피하라는 것이었다.

현재 우리 사회와 현실에서 우리 국민이 원하는 것은 무엇인지, 우리 국민은 어떤 정치인을 기대하고 있는지, 너무나 동떨어져 있어서 군인 신분인 주제갑의 생각과는 이질감이 아주 크게 느껴졌다.

표현만 달랐을 뿐, 여러 번 반복하지만 주제갑의 사고는 매우 경직되고 획일화되어 쌍방향 의사소통이 아니라 일방향이면서 직선으로 전달하는 방식이었다. 마치 부대에서 부하들에게 지시하거나 명령하는 말투였다. 게다가 상대를 깔보는 듯이 우쭐거리거나 고압적인 자세는 여직원이 있음에도 사무실 전체의 분위기를 위축시켰다.

그러다 보니 자신의 신념이나 의식 세계가 가변성이 없는 위력과 최고의 권위를 가지고 있다는 사고의 함정에 빠져 있는 듯 보였다.

주제갑의 기울어지고 비뚤어진 의식 세계는 힘의 논리에 의해서 세상의 질서가 유지되어야 한다는 기조여서 비난받아 마땅했다.

그렇지만 지금의 권현수는 알면서도 지적할 수 없었고, 주제갑은 그것에 대한 어떤 반성도 없어 보였다.

결국, 자신의 말만이 절대적이라는 모순에 빠져 있는 주제갑과 이를 무기력하게 지켜볼 수밖에 없는 권현수는 자신이 처해 있는 환경과 조화를 이룰 수가 없어서 술에 취하여 사리를 분간하지 못하고 거리를 헤매는 부랑자와 같은 처지일지도 몰랐다.

그러나 주제갑의 편견과 오만과 악의까지 더해진 자세가 오래 지속되면서 주제갑을 신뢰할 수 없도록 만드는 역작용으로 서서히 나타나기 시작했다.

"권 사장!"

권현수는 지금까지 '예'와 '아니다' 라는 긍정이나 부정에 대한 대답을 한 차례도 한 것 같지 않았다는 사실을 뒤늦게 깨달았다.

주제갑의 호칭 속에 녹아 있는 무게는 낮았다. 하지만 상대방을 압도하는 무거운 힘이 실려 있었다.

"내가 앞에서 스쳐지나 듯이 '여자관계가 정상적이지 않다'고 했소. 기억나시오? 그리고 첩보라는 단어도 썼을 게요?"

권현수는 흠칫 놀라 몸을 잔뜩 움츠리며 주제갑의 거동을 살핀 후 다음에 이어질 말을 기다렸다.

주제갑이 오늘 자신을 찾아온 결정적인 이유라는 생각이 들었다.

앞서 장황하게 늘어놓은 사회와 국가에 대한 견해들은 자기 과시용이거나 자신의 신분과 자신이 속한 군에 대한 우월감의 발로였을 터였다.

"강현숙 아시죠?"

주제갑은 이미 어항 속에 가둬 놓은 물고기를 바라보는 눈으로 지그시 권현수의 심중을 훑고 있었다.

"북에서 남파되어 광주에서 암약 중인 임 모라는 여자를 추적하던 끝에 관계 당국에서 체포하였소. 그녀에게 주어진 임무는 광주 일원의 군 동향의 전모를 파악하라는 것이었소. 그런데 수사를 진행하는 과정에서 남파 간첩인 임모 씨가 강현숙과 접선하고 있다는 진술을 받아냈소."

주제갑의 말은 너무나 경악스러웠다. 청천벽력 그 이상이었다. 공포에 질린 권현수의 얼굴은 사색이 완연했다. 죽음이 눈앞에 어른거리는 무서움에 온몸을 오들오들 떨었다.

권현수는 일찌감치 고등학교 시절부터 공부로는 승산이 없다는 것을 깨달았다. 그래서 대학 진학은 아예 작파하고 건설업에 뛰어들어 돈을 벌어야겠다는 생각을 굳게 다졌다. 졸업과 동시에 일용직으로 건설 현장에서 닥치는 대로 일을 하면서 눈으로 보고 몸으로 배웠다. 군에 가면 하나라도 더 배울 게 있을지 모른다면서 공병에 자원하여 입영했다.

권현수는 제대하자마자 결혼식을 올리고 건설업에 뛰어들었다. 어글어글하게 생긴 얼굴에다 성격도 각진 데가 없었고, 매사가 긍정적이면서 사교성이 좋았다. 건설 경기가 붐을 일으키던 시대적인 혜택도 보았을 테지만 자신의 외모와 성격을 십분 활용하여 작은 사업권부터 따내기 시작하는 사업 수완을 발휘했다.

다만 흠이라면 이성에 대한 자제력이 부족하여 성적 교합이 잦았다는 점이었다. 고등학교 때도 여학교 학생과 문란한 짓을 하다가 다행히 퇴학은 면했지만, 정학을 당한 것만 해도 두 차례나 되었다.

친구들이 너는 삼부리인 손부리, 입부리, 좆부리 중에서 손부리와 입부리는 너를 성공하게 할 수 있게 해 주는 양질의 아가리인데, 그놈의 좆부리는 양질은 양질이지만 양기가 너무 세서 좆부리로 큰 곤욕을 치를 날이 있을 것이라고 주의 겸 낄낄거리며 놀려대곤 했다.

강현숙은 초등학교 동창이었다. 지금의 아내와 결혼하기 전 우연히 한 번 만났던 것이 전부였다.

양동시장 근처의 양화점에 구두를 사러 갔다가 점원으로 일하던 강현숙을 만났다. 강현숙에게 일이 끝나면 저녁 식사나 하자고 했다. 뼈다귀 탕을 먹으면서 반주로 삼았던 소주잔을 몇 번 마주친 게 일의 사달이 되고 말았다. 소주잔이 서너 순배 돌고 취기가 조금 올랐다. 술기운으로 얼굴이 불콰해진 강현숙을 보자 권현수의 양기가 불끈거렸다. 권현수는 천연덕스럽게 강현숙의 허리를 껴안고 여인숙으로 들어갔다. 그리고 뒷날의 시간 약속도 없이 헤어졌다. 우연히 만나서 하룻밤을 같이 즐겼던 것 이외의 만남은 없었다.

권현수를 뚫어지게 쳐다보는 주제갑의 눈빛은 무언가를 강렬하게 원하고 있었다. 고양이 앞에서 벌벌 떠는 쥐새끼라는 먹잇감을 얼마만큼 베어 물어야 하는지 입맛을 쩝쩝 다셨다. 국가의 안위가 위협받는 어려운 국면에 봉착했는데, 군이 주동이 되어서 수습해야 한다는 현실적인 필연성과 당위성을 주섬주섬 꿰매어 내뱉던 혓바닥에서 시금털털하면서 비릿한 냄새가 풍겨 나왔다.

이미 목적을 달성했다고 판단한 주제갑은 밑밥을 매단 말 낚시를 슬며시 던졌다. 이전보다 어감의 강도가 다소 누그러진 성음이었고, 장작처럼 뻣뻣하던 태도 역시 많이 완화되어 보였다.

권현수는 주제갑이 처음부터 쭉 긴장 상태를 조성하면서 주눅이 들어 숨쉬기조차 힘들었다. 그런데 주제갑이 던지는 말의 힘이 점점 약해지고 있다는 것은 확실하였다.

권현수는 어떤 국면으로 전개될지 짐작해 보면서 의심과 경계의 빛을 팽팽하게 잡아당겼다.

"우리 군과 관계 기관 사이에 긴밀하게 정보를 교환하며 수사하는 중이니까, 차츰 강현숙과 권 사장과의 접촉 횟수나 만남의 성격이 밝혀질 것이오."

권현수는 이때를 기회 삼아서 자초지종을 낱낱이 말하고 싶었으나 입을 떼려고 해도 말문이 열리질 않았다.

"예에, 그리고 말이오. 수사 기밀상 여기까지 말하면 안 되겠소만, 예에에…… 흐으음…… 해결 방법을 고민하고 있소."

권현수는 해결 방법을 고민하고 있다는 마지막 어절에서 자신의 귀를 의심했다. 죽음에서 삶으로 전환되는 환희의 찬가와도 같았다.

권현수는 사물을 전혀 볼 수 없던 캄캄한 동굴 속에 갇혀 있다가, 눈이 시리도록 강렬한 햇빛을 받는 붉은 꽃잎이 눈앞에서 활짝 웃고 있는 것을 보았다.

천 길 낭떠러지에서 떨어지고 있는데, 땅바닥에 부딪히기 직전에 비단 그물이 받쳐주고 있다는 것을 알았다.

주제갑의 해결 방법은 돈이었다.

1961년 군사 정변 세력은 반공을 국시로 내세웠다. 이에 맞춰서 반공 체제를 정비하고 강화한다는 미명 아래 반공법을 제정하였다. 반공법이란 법 이름만 들어도 목을 조이는 듯 하는 통증과 온몸을 비트는 듯 으스스함을 느끼던 시절이었다. 연좌제가 눈을 부릅뜨고 지켜보는 것은 자신과 상관이 없었다. 그러나 반공법이 시퍼런 칼날보다 무섭게 번득이고 있었다.

반공법은 죽음과 연결될 수도 있는 무시무시한 괴물이었다.

돈, 돈은 또 벌면 되었다. 주제갑의 입만 쳐다보았다. 우선 2천만 원을 준비하라고 했다. 소형 아파트 한 채 값이었다. 수사가 진행되어 가는 형편에 따라서 더 필요할 수 있으니 유념하라고 했다. 잘 알다시피 누군가에게 이 사실이 누설되면 어떻게 되는지는 잘 알 거라면서 자리에서 일어났다.

서상록은 주제갑이라는 정보 장교가 실재하는 인물이었는지 권현수로부터 듣지 못했다.

　　그날 광주 다방에서 만난 이후로 권현수는 만날 수 없었다.

함께 가야 하는 길

별빛 곱게 내려앉은 물결을 빨아서 보드라운 은빛 물결 가루가 되었다. 가늘고 매끄러운 은빛의 물결 가루는 손에 손을 잡고, 발을 맞추며 두 어깨를 비볐다. 그렇게 별빛 담은 은빛 가루 물결은 서로의 정을 나누며 어깨동무를 하고 길목마다 놓인 나루터를 지났다. 그럴 적마다 은빛 가루 물결은 서로 다른 사람들의 사연들을 귀담아들었다. 각양각색의 사연을 담고 있는 사람들의 이야기들은 은빛 가루 물결의 마음을 아프게 할 때가 많았지만, 오히려 기쁠 때가 더 많았다.

세세한 곳까지 마음 써 가며 흐르는 곱고 고운 섬진강.

은빛 가루 물결이 파란 하늘을 닮아 초록의 잔물결이 되어서 미끄러지듯 동무들을 따라가는 섬진강.

산이 깊어 골짜기가 많고, 골짜기가 많아 구름이 높고, 구름이 높아 해가 많이 들고, 해가 많이 드니 사람이 맑았다. 바지런하게 밭을 가는 아낙의 손은 투박했지만, 온정과 인정이 가득 담겨 있었다. 부지런히 소를 모는 농부의 손잔등은 굵은 심줄이 툭 튀어 나왔지만 건강하고 실팍해 보였다. 당산나무 그늘에서 뛰놀며 재잘거리는 개구쟁이들의 소리는 메아리를 일으켰지만 낭랑하고 청명하였다. 원시적인 생명력이 넘치는 보성강의 활짝 웃는 모습을 보고 듣고 먹고 살기 때문이었다.

두꺼비 피부의 오돌토돌한 돌기를 닮은 푸른 물결이 오밀조밀한 산을 지나고 마을을 바라보며 묵묵히 걸어가는 보성강.

천 년이 넘어도 초록 물결과 푸른 물결은 만나고 또 만나야 했다. 하루를 만나지 않으면 눈물이 가득 담긴 구름은 산머리에서 초록 물결이 흘러 내려오는 북쪽과 푸른 물결이 느릿하게 걸어오는 서쪽을 바라보며 애를 태웠다. 또, 하루를 만나지 않으면 눈물을 머금었던 구름은 이내 슬픈 비를 뿌렸다.

압록! 섬진강 물결과 보성강 물결이 만나는 곳이었다.

섬진강 물결과 보성강 물결은 한결같은 그리움이 가득한 웃음을 담고 그곳, 압록에서 만났다.

섬진강은 발원지인 데미샘에서 수 천리를 감아 돌아 세상의 이야기들을 담아서 왔다. 웅치산에서 발원한 보성강은 남도 땅 강변과 산 깊은 골짜기에 살아가는 사람들의 삶의 모습들을 싣고 묵묵히 걸어왔다.

세상 사람들 모르게 가슴을 조이고 마음을 애태워 은빛 가루 물결과 푸른 물결이 합수되었으니 얼마나 반갑고 기뻤으랴!

　이 둘은 수 천리를 걸어오면서 그리움을 쌓았다. 만나야 할 곳에서 만나야 하는 울렁거림을 다독거렸다. 혹시 의젓잖은 행동거지 때문에 천박하게 보이지 않을까 해서 근신하고 경계했다.

　섬진강 은빛 가루 물결과 보성강 푸른 물결은 하루라도 거르지 않고 만나야 했다. 만나서 서로의 손을 잡고, 둘이서 부여안고, 그렇게 같이, 멀지만 멀지 않은 길을 가야만 했다.

　섬진강의 은빛 가루 물결과 보성강의 푸른 물결이 둘이 만나서 함께 가는 길은 고적하지 않았다.

　섬진강의 섬세한 가루 물결과 보성강의 푸른 물결이 둘이 만나서 함께 가는 길은 막막하지 않았다.

　섬진강의 부드러운 가루 물결과 보성강의 푸른 물결이 둘이 만나서 함께 가는 길은 지루하지 않았다.

　섬진강의 깔끔한 가루 물결과 보성강의 푸른 물결이 둘이 만나서 함께 가는 길은 춥지 않았다.

　섬진강의 매끄러운 가루 물결과 보성강의 푸른 물결이 둘이 만나서 함께 가는 길은 덥지 않았다.

　두 물이 합류하는 지점의 넓적한 바위에 두 물결이 부딪쳐 흰 물거품이 일어났다. 영롱한 햇빛이 내려앉은 물거품은 짙은 은가루와 연한 금가루를 뿌려 놓은 것처럼 휘황하였다.

하성미와 서상록은 물거품이 일어나는 바로 앞 백사장에 나란히 앉았다. 오월의 따가운 햇볕이 잔잔하게 움직이는 물결에 반사되어 살갗에 와 닿았다. 마을 아이들이 쌓아 올려놓았을 돌 더미들이 여울의 얕은 곳에 띄엄띄엄 놓여 있었다.

긴 다리의 발가락 정도쯤 잠긴 얕은 물가에 갸름하고 희고 깨끗한 백로 두 마리가 긴 목을 꼿꼿이 세우고 산 구름과 함께 남쪽으로 멀리 떠나는 물결을 바라보았다. 백로의 고결한 기품 속에서 슬픈 울음소리가 물여울에 묻혀 들려오는 듯했다.

하성미는 무연히 흘러가는 물결을 골똘히 바라보았다. 이내 고개를 돌려 아카시아 꽃이 활짝 핀 산기슭으로 눈길을 옮겼다. 두 갈래로 나누어진 철로는 산기슭을 감아 도는 강 물결을 따라서 아카시아 꽃향기를 싣고 남으로 길게 뻗어 나가고 있었다.

가까이에서 바라볼 때는 갈라져 있던 철길은 시야로부터 멀어지면서 점점 하나로 합해져 갔다. 초록 물결과 푸른 물결이 만나듯이.

"요즘 선생님의 안색이 안 좋아 보여요."

실바람을 타고 온 아카시아 꽃향내가 하성미가 건네는 말에 연하게 묻어서 서상록에게 건네졌다.

서상록은 물거품이 일어나는 한가운데에 작은 조약돌 하나를 던졌다.

"오색 약수터의 설악산장 느티나무 앞에서 하 선생님과 제가 하나씩 쌓아 올려놓았던 조약돌은 그대로 있을까요?"

서상록은 지난 가을을 회상하고 있었던지 하성미가 나지막하게 물은 대답을 대신하였다.

"제가 하 선생님께서 올려놓으셨던 돌 더미의 바로 밑에 저의 조약돌을 올려놓았습니다. 생각나시나요?"

서상록은 지난 가을의 오색 산장 앞에 자리 잡고 있던 느티나무를 모래밭에 그렸다. 그리고 그 옆에 돌무더기를 하나씩 그려서 쌓아 올렸다.

"제가 선생님의 조약돌 아래 저의 조약돌을 놓았던 까닭은 아름답고 숭고한 선생님께 다가가기 위한 작지만, 그러나 아주 커다란 하나의 계단이고자 했던 간절한 소망 때문이었습니다."

남으로 내려가는 물결과 철로가 만나는 어름에 눈길을 주고 있던 서상록은 딱딱하게 굳어 있던 표정을 바꾸려고 활짝 피어 있는 아카시아 꽃을 바라보며 애써 따뜻한 웃음을 지으며 말했다.

같은 조약돌인데도 하나의 조약돌은 하늘을 향하여 소망하는 용도로 쓰이고, 또 하나의 조약돌은 물속에 잠겨서 언제 세상에 나올지 모르는 서로 다른 운명을 낮은 목소리로 말했다. 운명에 또록또록하게 힘을 주어 말했다.

"저는 '인간을 비롯한 모든 것들의 길이 미리 정해져 있다.' 라는 운명론에 회의적이었습니다."

서상록의 낮았던 목소리에 가벼운 힘이 주어지면서 낯빛이 조금씩 밝아지고 있었다.

"운명론은 인간의 노력으로는 그것을 바꿀 수 없다는 생각을 기저에 깔고 있잖요? 그러다 보니 운명론자들은 인간의 의지적 노력보다는 수동적 한계와 맞닥뜨리는 경우가 있더군요."

잠시 삭막했던 오월의 백사장에 아카시아 꽃향기가 서상록의 의식과 코끝에 매달려 싱싱한 생기가 넘치기 시작했다.

"세상에서 전개되는 모든 일은 그렇게 될 수밖에 없도록 정해져 있어서 인간의 노력으로 사건 자체를 바꿀 수 없다. 세상에서 일어나는 모든 일에 논리적인 인과 관계를 전혀 인정할 수 없다. 또한, 우연성과 필연성은 대립하거나 결합하여 있는데, 이러한 관계 속에서 연속적으로 일어나는 모든 사건과 행동들은 이미 정해져 있다. 같은 원인에 의해서 같은 결과가 나온다. 이러한 사고 방식이 운명론이라면 맞을 것이다. 라는 생각도 듭니다. 다만 운명의 존재를 신이나 자연으로 한정함으로써 인간 의지를……."

'우정'과 '깨끗한 마음'과 '숨겨진 사랑'의 아카시아 꽃내음이 물여울을 묻혀서 물거품이 일어나는 하성미와 서상록이 나란히 앉은 백사장을 가득 채웠다.

"광주에서 피 묻은 칼이 번득이고 피 묻은 총알이 난무할지도 모른다는 예감이 두렵습니다."

서상록은 어떤 인물이나 집단에 대한 적개심을 떠올리는지 즉각적인 반응으로 잠깐 치를 떨었다.

"하성미 선생님!"

물거품과 물여울과 백로와 아카시아 꽃향기가 서상록의 눈에 가득 차서 무언가 굳게 결심해 보이는 눈물방울을 만들어냈다.

"아닙니다. 두렵지 않습니다. 그동안 우리는 칼과 총을 들은 자들의 행위가 있기까지 사전에 경계하거나 조심하는 최선의 노력을 다하지 않았다고 생각합니다. 최선의 노력을 다하지 않았기 때문에 이 같은 결과는 예견된 운명이 아니었을까요? 그렇다면 늦게라도 반성한 지금, 인간 의지와 운명과의 처절한 싸움은 불가피하지 않을까 생각합니다."

서상록은 초록 물결과 푸른 물결이 합류하는 지점 앞에 놓여 있던 넓적한 바위를 계속해서 바라보았다. 두 물결은 넓적한 바위에 부딪히면서 물거품이 보글보글 만들어졌다가 부서지기를 반복했다.

소멸했던 물방울이 다시 생성하고, 생성했던 물방울이 다시 소멸했다.

물거품의 소멸은 소멸이 아니라 생성이었고, 물거품의 생성은 생성이 아니라 소멸이었다.

물거품의 소멸은 죽음이 아니라 탄생이었고, 물거품의 생성은 탄생이 아니라 죽음이었다.

생성과 소멸, 죽음과 탄생은 둘이 아니라 하나였고, 하나가 아니라 둘이었다.

만나면 헤어지고, 헤어지면 만나는 자연의 원리와 법칙 그것이었다.

서상록은 명멸하는 물거품을 응시하면서 지난 몇 개월 동안 국정을 문란케 한 정치군인들을 하나씩 하나씩 떠 올려 보았다. 그리고 정치군인들이 국정을 장악하고 난 이후로 진행되어왔던 정국의 추이를 반추해 보았다. 잘못을 반복하는 정치군인들의 끔찍한 횡포에 현기가 느껴져 아찔하였다. 그들의 야욕에 고개를 절레절레 저었다.

역사의 도도한 흐름 속에서 사람들은 명멸해 갔다. 권력의 꿀맛에 길들여져 끊임없는 집착과 탐욕에 빠져들었던 권력자가 되었든, 세속의 명예욕을 뒤로하고 안분지족을 하며 살아갔던 범인이었든 사람들은 각자의 삶을 살아갔다.

서상록은 '역사는 반복 된다' 라는 서양의 속담이 불현듯 떠오르며 가슴에 통증을 일으켰다. 그 격언이 사실이라면 경험적 역사의 사실로 미루어 현재의 정치권력은 미래의 정치권력으로 확정될 수 있었다.

그렇다면 시간의 흐름에 따라서 그것이 정치군인 권력이 아니더라도 다른 집합체의 집단이 합법을 가장한 악질의 권력 집단이 될 수도 있다는 가정을 하자, 알 수 없는 전율이 등골을 타고 내렸다.

서상록은 역사는 반복적으로 일어난다는 역사에 대한 격언을 상상하기조차 하기 싫어서 몸서리쳤다.

"칼과 총을 든 자들의 야심은 물리적으로 성공할지도 모를 일입니다. 설령 그들이 의도한 바대로 성공한다고 하더라도 얼마 가지 않아 세인의 비웃음거리가 되는 추악한 형태의 성공이 될 것입니다."

서상록은 아카시아 향기를 실어서 뻗어 나가는 두 갈래 철로가 만나는 지점을 바라보면서 두 물이 만나는 백사장에 '정치군인'이라고 적었다. 그리고 설악산장을 떠 올리며 그려 놓은 느티나무와 돌무더기 그림 옆에 사랑 표지를 그렸다.

"정치적으로 이미 권력화한 군인들이 잔인한 학살 계획을 세우고 있다는 소문이에요."

하성미는 향긋한 오월의 강바람에 나풀거리는 스카프를 다독였다.

"아마 그들이 할 수 있는 것이라고는 사람 죽이는 것 말고는 없을 것입니다."

서상록의 몸에서 오월의 햇볕과는 동떨어진 찬바람이 새어 나왔다.

"자신들의 정치적 야욕을 달성하기 위한 방법으로 택한 것 중 하나가 적군과 대치 상태에 있는 아군 병력을 적과 싸워야 할 전선에서 빼돌려 아군의 가슴에 총을 난사한 자들입니다. 그러니 그들에게 지금 절실히 필요한 것은 최고 권력의 자리에 오르고자 하는 욕망뿐, 국가의 안위나 국민의 행복 추구 따위에는 관심이 없겠지요."

서상록은 비통해하는 표정을 지으며 멀리 물결 위에 떠 있는 먹구름을 바라보았다.

"그들은 국민을 제단의 희생물로 올려서 축제를 벌이려고 인류을 저버린 못된 모략을 꾸미고 있다는 정황들이 곳곳에서 나타나고 있습니다."

그들의 의도가 분명할뿐더러 실질적인 행동으로 개시될 수 있는 사실이었기에 서상록의 얼굴은 몹시 불쾌한 표정이었고, 심하게 일그러졌다.

"초월적 존재와 소통하기 위해 의례적 행위인 제의에서, 신이나 절대적인 신성한 존재에게 인간을 제물로 바치는 행위는 범세계적이며 오랜 전통을 가지고 있다고 하더군요. 신이나 절대적인 신성한 존재에게 인간을 제물로 바치는 제의의식은 인간에게 있어서 절대적인 소중한 행사였겠지요. 제물 의례에서 인신공희는 사람의 몸을 절대적인 신적 존재에게 제물로 바치는 행위였잖아요? 그러한 초자연적인 존재에게 인간이 숭배와 복종의 의미로 산 사람을 제물로 바치는 행위. 부연하지만 인류학적으로 볼 때 원시시대부터 전 세계에 걸쳐 폭넓게 존재해 왔던 것으로 여겨진다고 합니다. 사람의 몸을 신적 존재에게 제물로 바치는 행위나

풍습은 경외의 대상에게 행할 수 있는 인간의 의식 세계에서 발현된 가장 고귀한 행위였겠지요. 인간은 초월적인 신적 존재자가 이 세계를 관장하고 있다는 믿음 속에서 자연재해나 삶과 죽음 앞에서 속수무책이었을 테니까요."

햇살이 두 물이 만나는 백사장에 따사롭게 부딪혔다.

"저는 인간을 제물로 삼아서 절대 존재자에게 바쳤던 그 행위는 어떤 숭고미와 절대자에 대한 기원과 찬양이라는 아름다운 마음에서 출발했을 것으로 생각해요."

서상록은 내면 깊숙한 곳으로부터 올라오는 깊은 한숨을 내뱉었다.

"절대 신에게 인간을 제물로 올렸던 인간의 내면 심리 속에는 인간이 영검하기가 신과 같고, 신묘하기가 신의 경지에 오른 정도였다고 여겼을지도 모를 일입니다. 신과 인간을 동등한 위치에서 보고자 한 사고의 형식이었는지도 모를 일이고요."

서상록은 씁쓸한 입맛을 다셨다.

"인간이 인간을 절대 신에게 제물로 삼았다는 의미 속에서 역설적으로 인간이 가지는 절대 능력과 절대 존엄을 느끼는 게 평소 저의 생각이었습니다. 그러니까 자연 세계에서나 삶과 죽음의 세계에서 인간은 미약한 존재였지만 결국 그것을 해결할 수 있었던 존재 역시 인간이었던 것입니다."

서상록은 잠시 가느다란 한숨을 쉬었다.

"반복되지만 인간 세계에 닥친 재앙은 인간만이 해결할 수밖에 없다는 강한 인간애가 뿌리내리고 있었다고 봅니다."

서상록은 하성미의 지긋한 눈길을 받았다.

"우리나라 설화에도 뱀이나 지네와 같은 동물의 횡포를 막거나, 풍랑과 같은 자연재해를 막기 위해, 혹은 부모 봉양을 위한 효심의 발로로 인한 인신 공양의 설화 유형들이 구비 전승되고 있잖아요? 결국, 현실적으로 부딪친 어떠한 경우라도 인간만이 해결할 수 있다는 깊은 인간 정신이 깃든 인간애라고 생각합니다."

서상록은 서서히 안정을 찾아가고 있었다.

"새롭게 등장한 군인 권력자들이 산 자들을 제단에 올려 축제를 벌이며 피고기에 축배를 들 수 없게 해야 한다는 게 저의 정신을 짓누르며 저를 두렵게 해 왔던 것이었지요."

핏줄이 힘차게 솟은 서상록의 관자놀이가 불끈불끈 뛰었다.

"제가 그자들이 요구하는 제단의 제물이 되기 위해서, 인간이 인간을 절대 존재자에게 신성한 정신으로 제물을 올렸던 그 마음으로 제단에 오르려고 합니다."

오월은 푸르렀고 맑은 강물은 말없이 흘러가고 있었다.

"칼과 총을 든 자들의 야심은 물리적으로 성공할지도 모를 일입니다. 앞서서 말씀드린 대로 제단에 올려진 피 흘린 제물에 도취해 축배의 잔을 마주치겠지요. 설령 그들이 의도한 바대로 성공한다고 하더라도 얼마 가지 않아 세인의 비웃음거리가 되는 추악한 형태의 성공이 될 것입니다. 그에 따른 결과로 그들은 역사의 제단에서 썩은 고깃덩이가 된 채로 악취를 풍기며 오래오래 올려 놓여서 조롱거리가 되어 있을 것이라는 확신도 있고요."

서상록의 진정되어 가고 있던 얼굴에 경멸이 스치고 지나갔다.

"17일 토요일에 오전 수업을 마치고 광주에 가 봐야겠어요."

"선생님! 여기 이곳 압록. 두 물이 합수하여 하나가 되어서 하나를 위하여 큰 곳으로 가듯이, 저도 선생님과 하나가 되어서 함께 가겠어요."

서상록의 말이 끝나자마자 하성미의 즉각적인 동행 의사가 서상록의 결심에 덧입혀졌다.

아카시아 꽃향기가 남으로 흘러가는 물결 위에 그리고 햇빛 반짝이는 압록 백사장에 그득하게 퍼져 있었다.

"하성미 선생님!"

서상록의 심장이 끓어오르는 목이 멘 목소리는 거의 울음이었다.

두 물이 마주 닿는 지점에서 사랑의 감정도 만나고 있었다.

서상록의 눈에 눈물이 그렁그렁하였다. 흥건히 고여 있던 눈물이 이내 두 볼을 타고 주루룩 흘러내렸다. 하성미의 참았던 눈물도 이내 두 뺨을 적셨다.

걱정이 용기로, 근심이 기쁨으로, 얼음이 물로 바뀌는 기분이었다. 역사의 방향을 전환시키는 계기가 될 것만 같았다.

　서상록은 백사장에 하성미의 이름을 크게 적었다. 그리고 하성미의 무릎 위에 놓여 있는 하얀 손에 서상록의 손을 가만히 얹어 놓았다. 하성미가 다시 서상록의 손등에 한 손을 포갰다.

　하성미와 서상록의 눈에서는 눈물이 하염없이 흘러내리고 있었다.

　외길을 따라 올라가는 상행선 기차가 빠아앙! 기적을 울렸다.

물망초 꿈꾸는

물망초 꿈꾸는 강가를 돌아

달빛 먼 길 님이 오시는가

갈 숲에 이는 바람 그대 발자췰까

흐르는 물소리 님의 노래인가

내 맘은 외로워 한없이 떠돌고

새벽이 오려는지 비바람만 차오네

                                      – 님이 오시는지

크고 작은 섬들이 한눈에 들어왔다.

유달산에서 바라본 다도해는 인간의 때가 묻지 않은 신성한 처녀림과 같이 바다에 안겨 있었다. 바다 물결마저 빗자루로 쓸어낸 것처럼 깨끗하고 잔잔하였다.

하성미는 따사로운 햇살이 걸친 유달산 산머리에서 노래를 마치고 은근하고 아늑한 느낌을 주는 다도해를 바라보았다. 마음속에 담겨 있던 오래된 그리움의 마음이 사랑의 마음으로 변한 지금 다도해는 여러 개의 섬이 제각각 흩어져 있는 것이 아닌 소담하게 간추려진 밤하늘 은하수와도 같은 아름다움이었다.

시간이 지날수록 가슴을 안타깝게 만드는 그리움이 솟아오를 때면 이곳 유달산에 올라왔다. 다도해상에 단단하게 박혀 있는 섬들은 하성미의 허전한 마음을 위로해 주지 못했다. 그저 혼자인 자신과 같은 외로운 섬들로만 보였다. 그럴 적이면 자신도 모르게 입속말이 흘러나왔다.

"서상록 선생님."

그리움의 소리는 저 멀리 삼학도 쪽으로 바닷바람을 타고 날아가 버렸고, 날아가 버린 소리는 다시 돌아오지 않았다. 하성미는 다도해의 섬들을 바라보면서 똑같은 소리를 만들어 울먹하는 마음으로 그리움의 서상록을 불렀다. 말 없는 다도해는 그림처럼 아름답게 펼쳐져 있을 뿐, 그리움으로 가득 찬 하성미의 마음에 아름다움으로 채워지질 않았다.

다도해 섬들 하나하나에 애련한 마음으로 '사랑해요' 라고 눈길을 주며 바라보았다. 그러나 섬들은 아름다운 풍광만 자랑할 뿐 메아리로 들려주지 않았다. 다도해 섬들은 사랑하는 사람과 영원한 가약을 맺기 위해서는 자신들과 같이 오래오래 바람과 갈매기들과 물결들과 고기들과 놀면서 참고 견디면 즐거운 날이 올 수 있다는 대답만 해 주었다.

하성미가 유달산을 찾아서 섬과 섬이 맞닿아 서로 얼싸안고 기뻐하는 다도해를 바라보면서 '사랑해요'의 횟수가 잦아지자 이제 섬들은 사랑으로 보이기 시작했다. 섬은 사랑 그 자체로 거기에 있었지, 사랑을 막아서지 않고 있었다. 섬은 보면 볼수록 아름다운 사랑이었다. 서상록도 섬처럼 다가가면 다가갈수록 아름다운 사랑이리라.

섬들은 멀리 떨어져 있는 듯해도 손을 내밀면 맞잡을만한 거리에 있었다. 어느 때 해무가 끼는 날이면 빵모자를 쓰고 있는 것처럼 머리를 내밀고 있는 모습을 보면 섬과 섬들은 내밀하게 손에 손을 맞잡고 사랑을 나누는 모습으로 보였다. 섬들은 사랑으로 하나가 되어 있었지, 분리되어 있는 것이 아니었다. 거칠게 파도가 때려도 사나운 바람이 섬을 마구잡이로 할퀴어도 따가운 햇볕이 온종일 몸을 달구어도 섬은 가까이에 있든 멀리에 있든 연모하는 마음으로 그곳에 있었다.

하성미는 유달산에 오르는 날이면 여성과 남성의 조화를 의미한다는 사랑의 표지를 닮은 다도해의 한 친구 섬에게 물었다.

사랑의 섬아! 너도 사랑하는 섬이 있느냐고? 친구 섬은 부드럽게 말했다. 깊어 가는 밤이면 반짝이는 별빛의 기운을 몸에 담고, 낮볕이 내리쬐어 눈이 부셔 눈을 뜰 수 없을 때도 가만가만 기다리다 보면 이웃에 사는 섬들은 절로 사랑하는 섬이 된다고.

가까이에 사는 섬들이 서로서로 사랑하는 섬이 되지만, 꼭 짚어서 딱 한 섬만 말하라고 한다면 쑥스럽다고 했다. 그래도 굳이 말하라고 한다면 바로 옆에 사는 섬인데, 아름드리 잣나무가 우뚝 서서 말쑥한 숲으로 치장된 거북이 섬이라고. 나도 지금까지 오랜 시간을 함께해왔지만, 사랑한다는 말을 못 했다고. 지금이라도 고백하고 싶은데, 낮이면 해님이 방긋하고 쳐다볼까 봐 부끄러워서. 밤이면 휘영청 밝은 달님이 속삭이는 소리를 들을까 봐 아직까지 말을 못 하고 있다고.

내가 사랑하는 섬의 손은 언제나 맞잡고 있지만 왜 해님과 달님을 의식하면서 사랑한다는 말이 입에서 나오질 않는지 자신도 모르겠다고. 아마 그것은 내가 어린아이와 같은 순정한 마음이기 때문일 것이라고. 그러나 거북이 섬이 자신의 옆에 있는 것만으로도 외롭지 않다고.

하성미의 친구 섬은 많은 격려와 위로를 해 주었다.

사랑은 꼭 오래 참고 기다려야만 완성되는 게 아니라고. 가깝게 다가가려는 마음이 한 걸음씩 쌓여서 완전해져 가는 것이라고. 너와 나는 가까이 있지만 멀 수도 있고, 멀리 있지만 가까이 있을 수 있는 예감의 사랑이 중요하다고. 삼가고 조심하라고.

나도 내가 사랑하는 섬의 살갗을 묻히고 온 물결을 받아들이고, 내가 사랑하는 섬도 내 몸을 적시고 다가간 물결을 품어 주듯이 서로의 마음과 마음이라는 물결이 왔다 갔다 하다 보면 적은 시간이라도 사랑은 이루어질 수 있는 것이라고.

　그 대신 나와 나의 친구 섬의 살결을 어루만지듯 애무하고 드나드는 물결은 순결하게 만들어진 사랑의 정표이기 때문에 사람의 사랑하는 마음도 섬과 섬의 살갗을 비비는 물결처럼 깨끗한 마음이어야 한다고. 더 중요한 것은 바닷바람이 나와 친구 섬의 정신을 매일매일 정결하게 씻어 주기 때문에 지고지순한 사랑을 나누고 있다고.

　이렇게 순수하고 꾸밈없는 마음과 마음이 하나로 연결되어 있다 보니 다도해는 바다의 천국과 같은 아름다운 곳이라고.

　하성미는 친절하고 다정다감한 친구 섬에게서 많은 것을 배웠다.

　사랑은 외로움이 아니라 기다림이라는 것을.

　사랑은 기다림이 아니라 마음의 살갗을 부벼야 한다는 것을.

　사랑은 마음의 살갗을 부벼야만 하는 것이 아니라 메마른 갈증이 있어야 한다는 것을.

　사랑은 메마른 갈증만이 아니라 뜨거운 예감이 있어야 한다는 것을.

　사랑은 뜨거운 예감만이 아니라 차가운 고통이 있어야 한다는 것을.

사랑은 차가운 고통만이 아니라 아픈 정신의 슬픔이 있어야
한다는 것을.

사랑은 아픈 정신의 슬픔만이 아니라 상처 난 넋을 깨끗이 씻
어내야 한다는 것을.

하성미의 친구 섬은 꼭 당부했다. 바람 불어 풍랑이 일어도,
폭우가 쏟아져 온몸을 적셔도, 살갗을 벗겨내는 뜨거운 햇볕에
도, 칠흑의 그믐날 어두운 밤에도, 나와 친구 섬은 모든 것을 다
이겨 내고 늘 함께하자는 믿음이 있고, 또 섬이 물에 잠겨 이 세
상을 보지 못하는 날이 온다고 하더라도 같이 하자는 굳은 마음
을 가지고 있다고.

하성미의 잔잔한 음률이 퍼져 나가면서 고즈넉하던 다도해는
더욱 숙연해졌다.

유달산에서 하성미와 서상록이 함께 하고 있는 지금의 다도해
는 바다의 작은 천국으로 보였다.

하성미의 음색에는 미려한 공작의 날개와도 같은 화사함은 없
었으나, 막 병상에서 일어난 환자라고 하기에는 의아스러울 정도
로 메마르지 않았고, 물기가 촉촉이 배어 있는 듯 힘이 있었다.
하성미의 티 없이 맑은 목소리에서 다도해의 영상미가 신성한 영
역으로 여겨졌고, 하성미의 단아한 몸짓에서 다도해의 정경은 열

락의 성지와도 같아 보였다.

하성미의 노래를 들으면서 다도해의 수려한 정취에 젖어 있던 서상록이 가벼운 박수를 보냈다.

"선생님! 삼월의 끝 무렵이라도 작은 바닷바람이 벚꽃을 차갑게 하는데요?"

서상록의 말과 함께 벚나무에서 꽃잎이 스르르 날리듯 떨어졌다.

"선생님께서 저의 옆에서 저의 노래를 들어 주셨기 때문에 제가 서툰 솜씨였지만 끝까지 마칠 수 있었어요."

하성미는 초췌해 보이는 얼굴로 서상록에게 벚꽃을 닮은 미소를 지어 보였다.

"하성미 선생님과 유달산과 다도해는 아름다운 색채들이 결합하여 만들어낸 조화와 최고의 지적인 예술 작품으로 탄생되어 있습니다."

회사하게 만개한 벚꽃들이 축하해 주고 있는 유달산은 조용하면서 경건한 사랑의 축제가 이어지고 있었다.

하성미가 개인적인 사정이 있다는 이유로 삼 일째 교무실에서 보이지 않았다.

첫째 날 하성미가 교무실에 부재했을 때만 해도 감기몸살 정도로 하루 결근했을 것이라고만 추정했다. 서상록은 하성미가 관사에서 몸조리 하고 있을 터인데, 속마음으로만 건강관리에 각별히 신경 쓰시라고 남모르는 속을 혼자 애태웠다. 서상록은 편지를 써서 식사 거르시지 말고, 따뜻하게 몸을 덥혀 주고, 보건소에 들렀다가 쾌유하셔서 내일 출근하셨으면 좋겠다는 뜻을 전하고 싶은 마음으로 온종일 안절부절못하였다.

그러나 마음뿐이었지 실제 행동으로 옮긴다는 것은 너무나 크고 높은 심리적 산들이 가로막고 있었다. 또한, 관사의 출입구를 지나서 하성미가 거주한다는 수돗가 앞의 관사 내의 공간까지 간다는 것은 거대한 성문을 열고 철창으로 둘러쳐진 성을 통과해야만 하는 기분과 같았다. 서상록은 이러한 벽에 부딪히는 감정이 들 때마다 정작 해야 할 일은 하지 못하고 애먼 일을 붙들고 짜증을 부렸다.

그렇다고 기혼자와 미혼인 여선생님들의 거처인 관사 출입이 제한되어 있는 것은 아니었다. 서상록이 관사의 출입구를 지나쳐서 하성미를 동료 직원으로서 자연스럽게 병문안을 할 수 있었다. 그러나 서상록으로서는 감히 엄두를 낼 수 없는 금남의 집 이상으로 가까이 하기가 두려웠다.

그것은 하성미와 거미줄보다 더 가늘게 오고 가는 사랑의 마음이 그러하게 만들었다. 하성미와 가느다랗게 연결된 미세한 사랑의 교감을 교직원 누구도 알지 못하게 하고 싶었다. 그것은 하성미를 향하는 간절한 기원이었고, 하성미를 연모하는 애잔한 마음의 파문이었다. 하성미와 교류하고 있는 사랑의 감정이 실핏줄처럼 흐르는 성결함을 누구에게도 노출하지 않고 싶은 절대적인 마음 때문이기도 했다.

하성미는 고향을 떠나 시골 학교에서 근무하는 까닭으로 관사 생활을 할 수밖에 없었다. 면내에서 여선생 혼자서 자취를 한다는 것도 면 사람들의 눈을 의식하지 않을 수 없었고, 그리고 아무리 치안 관리가 잘 된다고 하더라도 여성이라는 방어적 한계가 분명히 존재하고 있었다. 그래서 여선생님들은 이곳 대서 중학교에 부임해 오면 관사에 입주하는 것이 상례였고, 따로 모임을 만들어서 여선생님들의 친목을 도모하고 있는 여교사회에서는 낯선 곳에 발령받아 오는 여선생님들에게 적극적으로 관사 생활을 권유했다. 그래서 하성미는 마침 비어 있던 김진자 옆방 수돗가 앞에서 관사 생활을 시작했다.

손바닥만 한 방에서 생활하는 관사 선생님들이 출근하였기 때문에 하성미는 혼자 남아 있을 터였다. 기혼인 선생님들은 살붙이가 딸려 있어서 그나마 방이 두 개인 데 비해서, 처녀 선생님들의 관사 방은 코딱지만 한 방 딱 한 개라고 했다. 어쨌든 서상록은 관사에 혼자 남아서 아파하고 있을 하성미가 기거하고 있는 관사, 수돗가 쪽을 쳐다보면서 남몰래 애를 태웠다.

남도! 고흥 반도의 봄바람은 따뜻하고 푸릇푸릇 싱싱했다. 그 봄바람으로 관사로 들어가는 입구에 삼월의 흰 목련이 흐드러지게 피어 사랑스럽고 아름다운 자태를 드러내고 있었다. 하성미처럼 향기롭고 우아하게 활짝 핀 목련꽃이 서상록의 눈가에 맺힌 눈물을 툭 떨어뜨리게 하면서 서글픈 마음을 아릿하게 했다.

하성미가 없는 교무실은 늘 보던 풍경이었으나 썰렁하였고, 늘 만나는 사람들이었으나 낯설고, 늘 마시던 커피였으나 씁쓰레했다.

선생님들은 각자 자리에 앉아서 업무를 보거나 교재 연구 중인데, 하성미가 앉아 있어야 할 빈자리는 서상록에게 너무나 생경한 느낌으로 다가왔다. 수업 시작 종소리가 울리면 자리에서 일어나 교재를 들고 교실을 향하는 선생님들의 모습이 오늘만큼은 달라 보였다. 하성미가 자리에서 일어나 교재를 품에 안고 교실로 가고 있는 환영이 어른거렸다.

서상록은 오전 내내 무거운 걱정만큼 우울한 일과에서 벗어나지 못했다. 다만 서상록은 억측으로나마 위안을 삼고자 했다. 하성미에게 큰 문제가 생겼다면 교무회의에서 공지가 되었을 텐데, 그렇지 않은 것을 보면 큰 문제는 아닌 듯해서였다.

동료 여선생님들은 하성미의 근황을 알 것 같아서 여선생님들에게 하성미에게 어떤 일이 있는지 물어볼까 고민했다. 교감 선생님에게 여쭤볼까 망설였다.

그러나 하성미와의 완전히 익지 않은 관계가 노출될 수도 있는 점만이 아니라, 이제 막 맺을락 말락 하는 목련 봉오리가 열리기도 전에 억지로 벌리는 것 같아서 매우 꺼려졌다. 하성미에 대한 궁금증은 상황을 보아 가면서 마지막으로 선택할 수 있는 여러 개의 답 가운데 하나였다.

초조와 긴장, 근심 걱정이 쌓여 갔다. 입이 바싹 말라갔다. 입술이 부르텄다. 불면의 밤이었다.

삼 일째 되는 날, 점심시간이 끝나는 타종을 하려고 사환 아이가 조그만 종이 달린 종루로 바삐 걸어갔다. 그러면서 사환 아이는 입속말로 '하성미 선생님 수술은 잘 마치셨을까?' 하고 중얼거리는 것이었다. 서상록은 깜짝 놀랐다. 잘못 들었나 했다. 사환 아이는 종루의 종을 딸랑딸랑 치고 되돌아서면서 '천사 같으신 하성미 선생님 수술이 잘못되었으면 어쩜 좋아.' 하면서 얼굴을 심하게 찡그렸다.

수술이라니. 서상록은 아연실색하여 어찌 된 영문인지 사환 아이에게 물어볼 수 없었다. 아직 확인하지 않은 사실이지만 사실일 수 있었다. 혼미한 정신을 수습해야만 했다. 수술이라면 큰 병임은 분명했다. 여러 개의 답 가운데 하나인 김진자에게 물어보기로 했다. 그냥 슬쩍 지나치듯이.

김진자와 이동옥과의 불륜 관계는 섶을 지고 불에 뛰어들면 섶은 쉽게 파르르 타버리듯이 오래 가지 못했다. 우리가 개인과 개인 간에 불화가 발생해서 서로가 돌이킬 수 없도록 뒤틀려 버리거나 꺾여 버렸을 때, 성격 차이라는 말로 일반화해서 말하곤 한다. 아마도 김진자와 이동옥과의 사이가 그러하다면 딱 들어맞는 용어가 아닌가 싶다.

김진자는 이지적이면서 날카로운 반면에 이동옥은 본능적이고 감정적이었다. 둘은 매사가 신경질적인 면에서는 공통점이 있다고 보아도 무방했다. 그러나 김진자는 해결할 수 있는 한도 내에서 방어적인 성깔을 부린다면 이동옥은 쉽게 이해할 수 없을 정도로 매사를 부정적이고 공격적으로 성질을 부리곤 했다.

김진자가 섶이었다면 이동옥은 불이었다. 처음에 정서적 교감으로 시작된 두 사람의 성향은 달랐으나, 고열에 차가운 물이 삽시에 끓듯, 뜨겁게 달아오르는 육신의 열정을 손쉽고 효율적인 해결 방법으로 찾게 된 것이 서로의 육체를 탐닉하게 되었는지 모른다.

한 번 교합이 이루어지자 달착지근한 처녀 선생님의 육체의 감각에 맛들인 이동옥은 틈만 나면 성적 관계를 요구했다. 아직 아이가 없다고는 하지만 면내 시장터에 살림집을 차려 놓고 부인이 있음에도 이동옥은 시간을 개의치 않고 김진자에게 벌교나 순천으로 나갈 것을 제안해 왔다. 특히 토요일 오전 수업이 끝나는 날이나 일요일이 되면 이동옥은 두 날 중 한 날을 택하여 집요하게 김진자를 몰아쳤다.

하성미가 순천 정류소 앞 여인숙 골목에서 김진자와 이동옥이 팔짱을 끼고 나오는 시간에 우연히 마주쳤을 때만 해도 두 사람의 비정상적인 관계가 막 시작된 터였던지라 김진자로서는 피어오르는 불길에 섶을 던질 수밖에 없었다. 그런 한편으로 김진자는 학교 내 정황으로 보아서 언제, 어떻게 둘 사이의 부도덕한 면모가 드러날지 몰라서 애를 태웠다.

그러나 이동옥은 집요했다. 선생님이라는 사회적 통념도 그렇거니와 고흥 대서면의 꼿꼿하면서 깐깐하게 인륜 지덕을 강조하는 덕목으로 보면 그건 패륜에 가까운 행동으로 보여 질 것이 뻔했다. 유부남 선생님과 처녀 선생님.

누군가에게 같이 있는 모습이 발각되거나 멀리서나마 둘만의 흔적을 발견 당할 시에는 여간 고약한 일이 아닐 수 없었다. 이를 전혀 무시하고 심지어 무례하기 이를 데 없는 이동옥의 지나친 요구에 처녀 선생님인 김진자가 받아들이기에는 너무나 힘들었다.

본래 가지고 있는 성정이 아무리 까다롭고 냉혹하다고 하더라도 섶이었던 김진자가 감당하기에는 벅찬 상대임이 분명했다. 섶을 받아들이는 대로 활활 불태우려는 이동옥에게 막무가내로 던져지는 섶일 수만은 없었다. 그래서 김진자는 결별을 통보했고, 이동옥 역시 불같은 성격 그대로 불쏘시개인 섶이 공급되지 않자 곧바로 사그라들었다.

그러면서 하성미와 김진자의 관계는 예전만큼은 아니더라도 어느 정도 속내를 털어놓고 대화를 나누는 수준에 이르렀다. 지난날에 대한 가슴 아픈 응어리를 풀었고, 그 시절은 이미 지나가 버려서 결코, 돌아오지 않는 시간이니 현재에 의지하며 생활하자고 다짐했다.

김진자는 지나간 시간에 대해서 많은 후회를 했다. 잠시 잠깐 잘못된 분별력 때문에 풀처럼 밟히고 꽃처럼 꺾여 버린 처녀성을 상실한 괴로움에 한동안 하성미를 붙잡고 소리 없는 눈물만 쏟아 냈다.

개인적인 의견이라면서 남자는 자신의 욕정만 충족시키고자 여자를 도구화시키는 공격적이고 파괴적인 야수와 같다고 했다. 우리의 조선 시대나 서양의 중세 시대에 남자들은 그들만의 기준으로 억압의 규범을 세우거나 금지의 선을 그어 놓았다. 남자들은 애당초 어불성설인 억압이나 규범을 사회 제도라는 한 축으로 수단화하였다. 그러한 연유가 조금이나마 이해가 가는 지금 생각하면 왜, 그 강압된 규범은 여자에게 일방적이었고 왜, 여자는 금단의 선 밖으로 나가지 못하게 했는지 피상적이나마 알 것 같다고 했다. 김진자는 지나치게 자신의 감성에 의지하여 판단한 결과로써 일그러져 버린 젊은 날의 한순간을 한숨과 눈물을 섞어 가며 하소연했다.

인생의 큰 산을 비교적 일찍 넘어 버린 김진자는 점차 성숙해져 갔다. 그건 여자이기 때문에 감내해야 하는 사회적 인식이나 분위기도 크게 작용했을 터였다. 남녀 간의 문제에 있어서 세상은 남자에게 기울어질 대로 기울어져 있었기 때문에 부정한 행위를 한 여자, 그것도 처녀라는 생물학적 위치는 잘잘못의 여부와 관계없이 가녀린 여자를 기피하고 백안시하는 사회 풍토였다.

김진자는 이러한 제도나 여건 속에서 하성미에게 내밀한 고백을 하는 동안 자기반성과 자기 성찰을 통해서 정신적 영역의 자유 의지와 평화는 드넓은 평원과 같이, 안식의 고향처럼, 가만가만 익어 갔을 터였다.

79년에 첫발을 잘못 내디뎌서 시작된 김진자의 비정상적인 행동은 80년을 맞은 김진자에게 오래도록 아픈 기억으로 남는 해가 될 것임은 확연했다.

그러나 김진자는 자기 과오의 각성이 있었고, 자기 잘못의 뉘우침을 고백했고, 자기 타락의 행위를 인정했고, 이를 바탕으로 타인을 배려하고 정상적인 사회에 복귀하려는 굳은 의지가 있기 때문에 실패한 젊음이 아니라 성공한 개인이자 승리한 현실 인물로 보아야 옳았다.

서상록이 김진자에게 스쳐 지나가듯이 하성미의 요 며칠간의 결근에 대해서 묻자 직접적인 표현만 하지 않을 뿐, 이미 하성미와 은밀한 관계를 감지하고 있는 기색이 역연했다. 김진자는 애써 모른 척하면서 서상록이 묻는 말에 소상히 알려 주었다.

"하성미 선생님은 꽤 오래전부터 심한 빈혈 증상으로 고통을 호소해 왔어요. 겨울 방학 전에는 극심한 빈혈로 쓰러지기도 했

112

거든요. 그리고 남자 선생님께 말씀드리기가 창피스러운데, 달거리라고 해야 되나, 생리라고 해야 되나. 하여튼 생리의 양이 정상보다 한참이나 많았다고 그래요. 거기에다 골반에 통증이 있다고 자주 이야기를 했었고요."

서상록은 하성미의 자궁에서 생리가 출혈한다는 말을 듣자 열없어서 얼굴이 붉어졌다.

워낙 성에 대한 정보가 상세하거나 공개적이지 못한 분위기가 사회 저변에 깔려 있었다. 겨우 주간 잡지나 월간 여성지 등에서 미미하나마 여성에 대한 성의 정체성을 확인하는 것이 고작이었다. 성에 대한 사회 윤리가 비밀주의식으로 강하게 작동하는 가운데 성과 관련된 지식이 음습하게 유통되던 폐쇄적인 사회 환경 때문이기도 했다.

서상록 역시 성에 대한 식견이 풍부하지 못했다. 그러나 여성이 어느 발달 단계에 이르면 생리 현상이 있다는 것을 모를 리 없었다. 그러함에도 비위나 입심이 좋고 여성에게 거칠게 말하는 습관이 배어 있는 사람들은 스스럼없이 여성의 생리를 월경이나 멘스라고 했다. 서상록은 성숙한 여성의 자궁에서 주기적으로 출혈하는 생리 현상을 월경이니 멘스니 하는 사람들 말투 자체를 불경스럽게 느껴왔던 터인지라, 김진자가 전하고 있는 말이 듣기에 부끄럽고 겸연쩍었다.

"그런데 하성미 선생님의 하복부에서 덩어리가 만져지더라는 거예요. 그게 겨울 방학이 끝나갈 무렵이었나 봐요. 그래서 검사 받고 수술 날짜를 잡은 게 지금이었던 것이죠. 하성미 선생님의 성격을 조금은 아시겠지만, 여자의 자궁 수술이라니까 학교에도 극도로 말을 아껴 달라고 부탁했었나 봐요. 부끄럽다고요."

김진자는 자신을 아예 하성미와 연결 고리로 이어져 있는 것으로 단정 지으면서 서상록을 수심에 찬 얼굴로 쳐다보았다.

검진 결과 자궁 근종 즉, 자궁에 종양이 상당히 자라고 있다는 것이었다. 그런데 다행히 악성 종양이 아니라 양성 종양이라고 했다. 그래서 자궁의 종양을 떼 내는 자궁 근종 절제술의 수술 치료를 받았다는 것이었다.

김진자의 세세한 설명에도 자궁 종양이라는 병명이 주는 위험성이 선뜻 다가오지 않았다. 더욱이 의료 지식이 널리 전파되지 않았던 시기였던지라, 서상록은 깜짝 놀랄 수밖에 없었다. 종양이라면 암세포를 떠올리던 시절이었고, 자궁에 종양이 생겼다는 말은 곧 암이라는 진단 결과를 뜻하는 것으로 받아들였다. 암적 존재라는 말이 타인의 인신을 공격하는데 가장 혐오스럽고 더없이 경멸스러운 표현이라고 보아도 좋았던 때였다.

그만큼 암에 걸렸다 하면 그것은 죽음을 의미했고, 종양은 암과 동의어로 인식하고 있던 서상록으로서는 하늘이 무너지는 것만큼 충격이었다.

회복 기간을 고려해서 다가오는 일요일에 하성미의 고향인 목포로 내려가기로 마음을 다잡았다.

오색 약수터의 오색 산장과 설악산장에서 맛보았던 조용한 환희와 고요한 기쁨이 애잔하게 다가왔다. 그리고 그 이후 몇 개월간의 가슴이 터질 듯 하는 그리움이 주마등처럼 머릿속을 스치고 지나갔다.

매주 목요일 오후에는 정기적인 친목회를 여는 날이었다. 친목회가 열리는 날 간소한 운동복을 차려입은 하성미는 여느 때보다 더욱 조신하고 다소곳하게 보였다. 여러 색깔의 작은 물방울무늬가 곱게 찍혀 있는 간편복 차림의 연두색 상의와 청바지를 입는 날이면 이슬에 젖은 풀잎이 함초롬하게 일어 서 있는 듯했다.

친목회 날이면 남녀 교사가 혼합된 두 팀을 만들어 족구나 배구 아니면 소프트 볼 경기를 돌아가면서 진행해 왔다. 그런데 시골 중학교인지라 학년 당 네 학급씩 구성되어 있다 보니 교원들의 숫자가 제한적이었다. 이러한 한계성도 있었고, 이러저러한 까닭으로 두 개 팀의 인원을 다 맞춘다는 게 여간 어려운 일이 아니었다.

서상록이 친목회 날을 손꼽아 기다리는 가장 큰 이유는 운동을 잘해서 다른 선생님들의 부러움을 받은 이유도 있었지만, 친목회 날은 교내 운동장에서 경기가 진행되는 만큼 하성미를 마음대로 곁눈질해 가면서 볼 수 있었기 때문이었다.

하성미 역시 서상록이 좋은 경기 모습을 보일 때면 힘껏 박수를 치곤했다. 물론 다른 선생님들의 경기 장면에도 박수갈채를 보냈지만, 서상록을 향해서 속이 후련하도록 마음껏 치는 박수의 강도나, 진정으로 우러나오는 몸짓의 정도는 현격한 차이가 있었다.

서상록은 하성미를 넓은 운동장에서 큰 제약 없이 볼 수 있다는 생각에 설레는 마음으로 목요일을 기다리고 기다렸다.

기다림은 살구꽃이 핀, 빈 마당에서 공깃돌 놀이를 하는 소녀를 담장 너머로 바라보는 것과 같은 설레임이었다.

설레임은 낮은 산기슭에서 아무런 말없이 떠나 버린 님을 찾아 헤매며 서글프게 우는 뻐꾹새의 피맺힌 절규 같은 그리움이었다.

그리움은 그믐날 새벽 두레박으로 우물에서 퍼 올린 물 한 사발을 장독대에 올려놓고 비손하는 어머니와 같은 향기였다.

향기는 갓난아이가 보석보다 더 아름다운 꼬무락거리는 손가락으로 엄마 젖을 만지는 것과 같은 아늑함이었다.

아늑함은 따사로운 햇볕이 잘 드는 창가에 앉아 창문 틈으로 새어 들어오는 바람에 털을 날리며 고독을 즐기는 고양이와 같은 부드러움이었다.

부드러움은 가는 모래 알갱이를 밟으면서 수평선 너머로부터 잔잔하게 다가오는, 누군가의 목소리를 듣는 것과 같은 사랑이었다.

사랑은 낮고 깊은 계곡을, 점잖고 엄숙한 산등성이를, 눈이 시리도록 포근하게 덮고 있는 설경과 같은 평화였다.

평화는 하루 일을 다 마치고 저만큼 멀리에서 내일 또 만나기를 기약하며 집으로 돌아가는 낙조와 같은 자유였다.

자유는 발길이 끊어져 아무도 없는 대학 교정을 홀로 걸으며 굵은 빗줄기와 함께 차를 마시는 것과 같은 해방이었다.

해방은 푸석푸석하게 흙먼지가 일어나는 길을 따라가면서 내가 살아가야 하는 삶을 생각하는 것과 같은, 그래서 누군가를 만날 것과 같은, 다시 기다림이었다.

하성미가 있는 고흥 대서 중학교 운동장이 그랬다.

소프트 볼 경기를 하는 친목회 날이었다. 소프트 볼 경기를 하는 날이면 여선생님들은 운동장 계단에 앉아서 준비된 다과를 즐기며 남선생님들의 경기를 관전하는 경우가 많았다. 그건 여선생님들이 친목회 회장단에게 사전에 건의함으로써 이루어졌다.

소프트볼은 여선생님들에게 무리한 운동 경기일 수 있고, 여선생님 다수가 들어가면 경기 흐름이 원만하게 계속해서 이어질 수 없을지도 모르니, 여선생님들은 계단에서 각자 속한 팀을 응원한다는 내용이었다. 그렇지만 소프트 볼 경기에 참가를 원하는 여선생님은 당연히 참여하고, 여선생님들끼리 담소를 나누거나 관전하면서 그날의 친목회를 운영하자는 것이었다.

소프트 볼 경기가 진행되던 3회가 되었을 때였다. 박상무 선생님이 힘껏 쳐낸 볼이 외야 쪽으로 높이 솟아올랐다. 외야 수비 지역은 경기에 참가한 여선생님들이 주로 맡는 수비 위치였다. 여선생님은 공이 높이 솟아올랐다가 포물선을 그리며 자신을 향해서 날아오자 순간 당황했다.

"어머나, 이를 어째. 난 몰라!"

낙하하는 공을 쳐다보면서 야구 장갑으로 얼굴을 가린 채 깜짝 놀라는 소리와 함께 몸을 움츠렸다.

내야 수비를 보고 있던 서상록이 공이 반원 모양을 그리며 여선생님 쪽으로 뻗어 올라가자 순간적으로 판단했다. 여선생님을 과소평가하거나 미덥지 않아서가 아니라 직감적으로 공을 받아 낼 수 없을 것으로 생각했다. 서상록은 공이 솟아오름과 동시에 여선생님 바로 옆까지 달려갔다. 서상록의 판단은 옳았다.

얼굴을 가린 여선생님의 야구 장갑을 맞은 공이 여선생님의 어깨를 툭 치며 떨어졌다. 그 내려오는 공을 기다리고 있던 서상록이 야구 장갑에 살짝 받아 넣었다.

그건 단순히 서상록 편에게만 감동을 준 게 아니었다. 상대편 선생님들도 입을 모았다.

"에이, 상록이 저놈 똑 하이애나 닮은 놈일시."

"아야, 상록아! 니 혼자 연극허고 변사꺼정 다 혀 버려라."

"상록아! 상록아! 니 수비 위치에서 벗어나먼 반칙인지 아냐?

모르냐?"

교직 경력이 많은 선배 선생님들은 한 마디씩 야유 같은 칭찬을 아끼지 않았다.

운동장에서의 환호가 짝짝이였다면, 관람석인 계단에서 울리는 환호성은 확성기였다.

학급 경영에 관한 문제나 학교 내의 대소사를 논의하며 간식을 먹던 여선생님들은 일제히 자리에서 일어났다. 그리고 힘차게 손뼉을 쳤다.

"서상록 선생님! 너무 했어요. 삼루타 감인데."

"와우, 밀림에만 타잔이 있는 줄 알았는데, 우리 대서 중학교에도 있네요."

"어머, 어머, 하늘을 빙빙 돌며 먹이를 노리던 솔개가 병아리를 채가는 모습보다 더 멋져요."

"아유, 아유. 이른 새벽 물안개가 낮게 가라앉은 호수에서 힘차게 약동하는 은빛 물고기 같은 생생함이 있어요."

여선생님들의 박수와 감탄이 운동장으로 날아들었다.

우렁찬 환성은 운동장과 밀착되어 있다시피 한 교실에서도 터져 나왔다.

건물이라고 해 보아야 관사와 교실 한 동 그리고 교실 건물 우측에 놓여 있는 숙직실이 전부였다. 교실 건물과 운동장 사이에 통로가 있어서 두 곳을 구분하는 경계 역할을 하고 있다지만, 폭이 좁다 보니 교실 건물과 운동장은 인접해 있는 거나 다름이 없었다.

교직원 친목회가 개최되는 날이면 학생들은 오후 자율 학습을 시행했다. 친목회가 열리는 날마다 담임선생님들은 아이들에게 훈화를 해왔다. 운동장을 내다보지 말고 자율 학습에 집중하라는 당부였다. 아이들은 애교와 귀여움이 뒤섞인 표정을 지으며 수긍한다는 표시로 고개를 끄덕거리곤 했다.

그렇지만 호기심이 강한 나이의 아이들이었다. 순박한 아이들이었지만 목요일 선생님들의 친목회를 기다리는 아이들도 꽤 있었다. 운동장에서 펼쳐지는 선생님들의 운동 경기 장면을 보면서 지루한 학교생활을 면하는 날이기 때문이었다. 더욱이 사춘기의 나이인 아이들에게는 제가 좋아하는 이성의 선생님이 경기하는 모습을 숨긴 마음으로 보는 애틋한 짝사랑도 포함되어 있었다.

일부 아이들은 창가에 몰래 붙어 운동장을 흘끔거리는 맛으로 제 나름의 긴장을 푸는 시간으로 활용해 왔던 터였다. 녀석들은 저희끼리 선생님들의 경기 장면을 보면서 손가락질이나 빈 박수로 희열을 느끼면서 숨은 재미를 즐겨왔다.

그러던 차에 서상록의 기묘한 수비가 이루어지는 순간 전체 교실에서 '와아!' 하는 탄성이 일제히 터졌던 것이었다. 서상록이 3학년 담임이기 때문에 4개 학급의 수업을 전부 들어가는 관계로 3학년 교실에서는 서상록을 연호하는 소리가 울려 나왔다.

"서상록! 서상록! 서상록!"

하성미는 3학년 교실에서 들려오는 연호에 맞춰서 낮은 목소리로 서상록을 불렀다.

"서상록 파이팅! 서상록 파이팅!"

하성미의 손뼉과 목소리 속에는 그리움과 사랑의 소리가 진하게 묻어서 서상록을 향하고 있었다.

서상록의 반에서 정남이는 짓궂은 서너 명의 아이 중 한 명이었다. 굳이 '짓궂다'를 해석한다면 애교 섞인 장난이 너무 심하다고 말하기에는 그렇고, 간혹 예기치 않은 딴소리를 하여 상대방을 당황케 한다든지, 폭이 큰 행동으로 여학생들에게 골탕을 먹이는 정도였다.

정남이는 성격이 크게 모가 났다거나 발랑 되바라졌다거나 함부로 비뚤어진 소리를 하는 아이도 아니었다. 정남이는 사교성이 좋아서 반 친구들과 잘 화합하고 분위기를 주도했다. 송림리 집에서 학교까지 자전거를 타고 통학을 하는데, 초겨울로 접어드는 쌀쌀한 날 1교시가 끝나고 교무실에 찾아왔다.

"선생님, 점심시간에 외출할까 합니다. 허락해 주시기를 바랍니다. 오늘 장날인데, 엄마가 편찮으셔서 장에 나오셔서 일을 볼 수 없다고 합니다. 그러면서 저에게 몇 가지 물건을 사 오라고 심부름시킨 게 있습니다. 그리고 선생님 이따가 점심시간에 하숙집으로 식사하러 가실 때, 제 자가용으로 특별히 모시도록 하겠습니다."

　서상록도 면 소재지의 하숙집에서 자전거를 타고 다니면서 통
근을 하고 있었다. 그런데 어리광을 피우며 응석이 섞인 깜찍한
부탁에 거절할 수가 없어서 수락하였다.

　"선생님, 제가 초등학교 코흘리개 시절부터 자전거 운전을 해
왔습니다. 지금까지 무사고 운전 실력답게 안전운전을 하겠지만
만일의 사고에 대비하여 제 허리를 꽉 안아 잡으십시오."

　정남이는 페달을 밟으면서 넉살을 부리며 제 담임인 서상록에
게 명령조의 주문을 했다.

　가을걷이가 끝난 농토는 황량했다.

　교문만 나서면 논과 밭이 연이어 있었다. 사시사철 바쁜 일손
이었지만 봄이면 하품하는 강아지 입을 틀어막아서라도 논밭으
로 보내야 할 만큼 바빴다. 모내기가 시작되고, 밭에 씨앗을 파
종했다. 농부들의 땀을 먹으며 익어가는 작물들의 모습을 보면서
계절의 변화를 감지해 왔다. 드넓은 농지는 아니었지만 한눈에
집히지 않을 만큼 들녘의 농경지는 넓이가 있었다. 스잔하고 허
허로운 들녘에서 대서면의 냄새가 물큰 풍겨왔다.

　해마다 수확한 농산물은 소유하고 있는 작은 농경지만큼 적었
다. 그럴지언정 저 들녘에서 거둬들인 알곡을 직거래하거나 수매
하여 자녀들을 대처로 유학 보내려고 무진 애를 썼다. 그러나 역
부족이었다. 자녀가 둘 또는 셋, 많아서 넷까지 있는 데다가 곤궁

한 가정 형편으로 근근이 생활해 가는 대부분의 가정에서는 중학교까지가 마지막 교육일 수밖에 없었다. 없는 살림살이를 뼈아프게 받아들여야 하는 현실이었다.

하지만 그런 어려움 속에서도 냉수로 빈속을 다스려 가면서 광주나 순천으로 자녀를 유학 보낸 집도 꽤 되었다. 그 자녀들은 부모의 피땀을 헛되지 않게 하려고 도시 학생들과 공부 다툼으로 지지 않았다. 그래서 대서면에는 뛰어난 인물이 많이 배출되었다.

일어나지 않아도 될 일인데 일이 일어나도록 원인을 제공했거나, 일의 처리에 대한 권한을 가졌는데도 직분을 방기했거나, 일의 성패를 좌우할 수 있도록 조정하는 위치에 있으면서 세심한 주의를 기울이지 않았다면 그것에 대한 책임은 전적으로 선생님에게 있었다.

이야기의 방향이 다르지만 똑같은 기준을 적용하여 어제 일어났던 군사 반란을 재단해 보았다. 오만방자하게 불순한 의도를 가진 몇몇 정치군인들이 안하무인으로 국법을 무시하고 살상을 동반하면서 준동하여 날뛰었다. 이러한 정치군인들의 무법천지 상태의 망동은 정권 탈취 욕심에서 자행된 간악무도한 국사범들임이 분명하였다.

또 다른 문제는 이를 저지하고 억제해야 할 지위에 있는 자 중 일부가 문제라면 문제였다. 이들은 사태를 수습하려는 적극적인 노력은커녕 원인 제공, 직분 방기, 주의 태만 등의 몸보신으로 우유부단한 자세를 취하는 듯했다.

그런 태도 때문에 상처받아야 할 국가의 격과 피를 흘리며 희생당해야 할 시민이 얼마일지 모를 일이었다. 절대적으로 일어나지 말아야 할 비통한 일인데 그 통한의 일이 일어나 버린다면 그 일에 대한 단초를 공급한 장본인들이 아닐까 싶다.

하여튼 서상록은 기회가 있을 때마다 사고의 위험이 많으니 자전거 2인 승차 금지를 말해 왔었다. 종종 2인 승차로 인한 사고가 일어나서 부상자들로 인하여 어려움을 겪어 왔던 터라 힘주어 강조하곤 했다. 그런데 자신의 말을 정면으로 뒤집는 행동을 하고 말았으니 일어날 일의 원인은 이미 잠재하고 있었다.

정황으로 보아서 서상록은 정남이에게 천천히 운전하면서 가라고 지시함이 옳았다. 좁은 도로를 감안해서 전방 왼쪽 도로가에 통행 중인 사람들이 있으니 오른쪽 도로가로 방향 이동을 지시해야 함도 마땅했다. 게다가 비포장도로이기 때문에 박혀서 돌출된 돌들이 많았다. 그러한 도로 사정을 고려한다면 돌발적 사고를 예견하고 주의를 줬어야 맞았다.

더 정확히 말하자면 서상록이 정남이의 자전거 뒷좌석에 타는 게 옳은지 숙고해 봤어야 맞았다. 담임선생님을 태우고 달리는 아이의 심리. 돈키호테라도 된 듯 저돌적으로 달릴지도 모르는 아이의 의식을 헤아려 보았어야 좋았을 것이었다. 거기까지 생각이 미치지 못했다면 차라리 서상록이 자전거 운전을 해야 하는 게 아니었을까?

정남이는 점심시간에 외출한다는 해방감에 흥분하기 시작했다. 제 담임에게 자전거 실력을 우쭐거리며 뽐내고 싶었다. 학교에서 면내까지 교차로가 두 군데 있었지만, 일직선으로 뻗어 있는 길에서 속도를 내고 싶은 듯했다. 자전거 발걸이를 밟은 정남이의 양발에 힘이 잔뜩 실려 있었다.

장날이면 여선생님들은 닷새 동안의 부식을 마련하기 위해서 점심시간을 이용하여 장에 나가곤 했다. 다섯 시 일과가 끝난 후 장에 가면 파장이 되었기 때문에 그랬다.

도로 중간쯤 왼쪽 길가에 여선생님 대여섯 명이 장을 보러 가기 위해서 종종걸음으로 가는 게 보였다. 예닐곱 발쯤 뒤쪽에서 하성미와 박경애가 손으로 입을 막으며 웃는 모습이 희미하게 눈에 들어왔다.

정남이는 평소에 하성미에게 친근감을 나타내기 위해서 간접적이기는 하지만 여러 가지 방법으로 접근해 왔다. 이제 얼마 안 있으면 삼 학년이 끝나가는 십이월이었다. 곧 중학교 마지막 겨울 방학으로 들어갈 것이고 그런 다음 졸업이었다. 보통 때 사모하는 속마음을 숨겨왔던 정남이는 하성미를 학교 밖에서 보는 게 더 좋았다.

하성미는 갈색 코트 깃을 바짝 올려 들녘에서 불어오는 바람을 막고 있었다. 하성미의 갈색 코트는 메마르고 쓸쓸한 들판과 어우러져서 고즈넉한 초겨울의 정취를 자아내게 했다. 허허롭고 고요함 속의 아늑한 사랑이 흙먼지가 일어나는 도로를 차박차박 걸어가는 길 위에 선명하게 찍혀졌다.

정남이의 눈에 바람결에 맞추어 펄럭이는 하성미의 갈색 코트 옷자락이 오늘따라 유난히 심리적 동요를 일으켰다. 반가움에 앞서 하성미에게 쌓였던 연모하는 마음이 큰 파문을 몰고 왔다.

정남이는 가속하기 위해서 발걸이에 더욱 힘을 가했다.

"하성미 선생님! 안녕하아아."

정남이는 두 손으로 꽉 잡았던 자전거 손잡이에서 왼손을 풀어 반가움의 표시로 하성미에게 손을 흔들었다. 정남이가 왼손을 뗌과 동시에 자전거의 앞바퀴는 볼록하게 얼굴을 내밀고 박혀 있는 제법 큼직한 돌에 치여 비틀거렸다. 그와 동시에 뒤에 타고 있던 서상록도 출렁했다. 정남이가 오른손으로 잡고 있던 자전거는 왼쪽으로 기우뚱 기울었다.

하성미가 정남이의 외침에 고개를 막 돌렸다. 하성미가 오른손에 들고 가던 장바구니는 붕 떠올랐다.

정남이의 자전거는 하성미의 옆구리를 치면서 그대로 농수로에 박혔다. 하성미에게 가해진 충격은 나란히 걸어가던 박경애에게 전달됐고 두 사람도 휘청거렸다.

농수로는 비포장도로와 딱 붙어서 흘러가고 있었다. 여름에는 아이들이 하굣길에 물장난하며 송사리를 잡겠다고 저희끼리 첨벙거리던 곳이었다.

하성미도 서상록도 박경애도 정남이도 속수무책으로 농수로에 고꾸라지거나 나동그라졌다.

초겨울임에도 물은 마르지 않고 수로를 채우고 내려갔다. 엊그제 겨울을 재촉하는 십이월의 비가 제법 많이 내렸기 때문이었다.

겨우내 탐스러운 눈송이를 좀체 보기 힘든 대서에 겨울 방학이 시작되기 전 함박눈이 펑펑 내렸다. 새벽부터 시작된 함박눈은 점심시간이 되었는데도 폭폭 내려 쌓였다. 아이들은 이리 뛰고 저리 달렸다. 선생님들도 한 해의 끝 무렵에 함박눈이 내리니, 내년에는 좋은 일이 많겠다며 손바닥을 마주치며 좋아했다.

하성미는 경건한 자세로 따뜻한 미소를 띠우며 두 손을 모아 합장을 했다.

"대서에도 벌교에도 오래오래 하얗게 쌓여서 그 길을 서상록 선생님과 함께 걸어가게 해 주시기를……."

하성미는 적요함 속에 함박눈으로 소복이 덮여 있는 교문 밖의 들녘과 농수로를 바라보며 오월의 작약인 함박꽃처럼 수줍은 마음을 몰래 전했다.

아이들이 연방 지르는 소리는 점심시간이 끝나 가는 데도 그칠 줄 몰랐다. 저희들끼리 어울려 눈싸움을 벌이며 즐거워하는데 점심시간이 끝났다는 사환 아이가 치는 종소리가 들려왔다.

정남이는 땀인지 눈 녹은 물인지 모를 정도로 흠뻑 젖어 있었다.

"저기, 저기 하성미 선생님이 계신다."

정남이의 핏대를 세운 소리는 눈싸움 놀이에 정신이 팔려서 잠시 잊고 있었던 아이들에게 하성미라는 존재를 환기하는 신호였다. 정남이가 하성미에게 눈가루를 뿌리자 아이들은 어린아이 주먹만 한 작은 눈뭉치를 만들어 하성미의 발을 맞추려고 계속해서 던졌다.

이어서 서상록이라고 지칭하는 정남이의 물기 젖은 소리가 침묵과 정적을 간직한 채 떨어지는 함박눈을 헤집고 아련하게 들려왔다.

졸업식 날이었다. 졸업식장은 아쉬움과 서운함으로 가득 메워져서 무거웠다. 졸업식 노래는 눈물의 노래였고 졸업장은 이별의 확인서였다. 아이들은 참았던 눈물을 옷소매로 닦아냈다. 담임보다 부담임인 하성미를 붙들고 눈물을 글썽이던 아이들이 겨우겨우 교문을 나섰다. 정남이는 뒤를 돌아보고 돌아보며 떨어지지 않는 발걸음을 가까스로 옮겼다. 언제 다시 만나 뵙기를 원한다는 입소리만이 눈물을 대신하고 있었다.

일요일이면 갯내음이 가득 담긴 벌교 공용버스터미널은 그리움과 사랑이 만나는 곳이었다.

일요일 오후 벌교 공용버스터미널은 설악산의 곱게 물든 빨간 단풍만큼 그리움으로 붉게 타 올랐다. 오색 약수터의 오색 산장과 설악산장에서 담아 왔던 조용한 환희와 고요한 기쁨은 터미널을 가득 채웠다.

일요일 오후 벌교 공용버스터미널은 해감내를 머금은 갯바람이 십일월의 갈잎 구르는 소리를 나지막하게 싣고 와서 하성미의 허전한 마음을 채웠다.

일요일 오후 벌교 공용버스터미널은 스산한 산바람이 갈댓잎을 사각사각 흔들며 다가오는 소리가 서상록의 심금을 사랑의 마음으로 가득 차게 만들었다.

토요일 오후 일과가 끝나면 각자 고향으로 떠났다. 그런데 오색 약수터의 만남 이후로 많이 달라졌다. 고향 가는 길은 언제나 안온하고 편안한 기분이었는데, 예전과 달리 허전하고 쓸쓸했다. 고향에서 보내는 하룻밤은 잠깐인 듯했는데, 이제는 시간이 멀리 느껴지며 지루하고 길었다.

고향 가는 길의 방향이 달라서 서로 따로따로 되는 마음이었지만 대서로 가는 길은 같이 섞어지는 감정이었다. 고향 가는 길은 어쩔 수 없이 헤어지는 아픔의 길이었지만 대서로 가는 길은 벅찬 감동을 주는 길이었다.

일요일 오후 다섯 시 신기리로 들어가는 군내 버스를 타는 시간의 벌교 공용버스터미널은 두 마음이 하나를 위해서 마주치고 있었다.

두 사람의 그리움의 색깔은 서로 다른 듯했다. 두 사람의 사랑의 모양은 서로 닮지 않은 듯했다.

그러나 두 사람의 마음속에 채워진 그리움과 사랑의 농도는 터질 듯 무너질 듯 애련의 정으로 가득 차서 넘치고 있었다. 두 사람이 고향에서 벌교 공용버스터미널에 다다르는 시각은 비슷하였지만 도로 사정이나 교통 상황에 따라서 조금씩 달랐다.

하성미가 도착하면 서상록이 어디에 있는지 찾았다. 서상록이 당도하면 하성미가 어디에 있는지 살폈다. 누구도 눈치 챌 수 없을 정도로 살며시 그랬다.

하성미가 먼저 도착해서 기다리고 있을 때면 서상록은 울렁거렸다. 서상록이 한켠에 서서 기다리고 있으면 하성미는 두근거렸다.

시간은 가고 있었지만, 벌교 공용버스터미널의 그리움과 사랑은 마음속에 깊이 새겨져 기억의 한가운데에서 아련하게 추억으로 다가왔다.

물망초 꿈꾸듯이.

내려온 악업 내려갈 죄업

대인 시장의 건어물 상인들 눈에서 증오로 가득 찬 파란 불꽃이 이글거렸다.

말바우 시장의 국밥집 상인들 입에서 저주에 찬 욕설이 끊임없이 쏟아져 나왔다.

양동시장의 수산물 상인들 손에 쥔 칼자루가 바들바들 떨렸다.

남광주 시장의 채소전 상인들 발밑에서 채소들이 울분으로 깔아뭉개졌다.

송정시장의 튀김전 상인들 기름 솥에서 분통한 가슴이 튀겨졌다.

광주 전역은 어디라 할 것 없이 피비린내로 덮여 있었다. 피 맛을 본 짐승으로 변해버린 무리들은 또 다른 피를 구하기 위해서 보이는 족족 광주 시민에게 상해를 입히거나 죽게 해서 피를 공급 받았다. 개인당 몇 리터 양의 피를 흘리게 하거나 담아 오라고 지시를 받은 것처럼.

광주 시민은 비무장 상태였고, 학살자들은 완전 무장 상태였다.

참 한심한 녀석들. 참으로 어쭙잖은 좀팽이들. 세상을 웬만큼 살아 본 자들이. 뭐가 중하고 뭐가 천한지 분간할 나이가 넘은 놈들이. 두 주먹 안에 뭘 그리 쥘 게 많다고.

아무리 시민의 언행을 하나하나 풀어 보아도 아무리 폭압자들이 처한 형편을 고려해 보아도 완전 무장한 자들이 비무장 시민에게 할 짓은 못되었다.

마치 달랑 깡통 하나 들고 참새를 쫓고 있는 허수아비 앞에서 우쭐거리며 긴 칼 내밀면서 싸우자고 시비 거는 정신병자 같았다. 그만이면 천행이었다. 아무런 저항을 하지 않는데도 허수아비 몸의 아무데나 푹푹 찔렀고 어떤 대항도 하지 않았는데도 허수아비 모가지를 댕강 쳐 버리는 꼴은 도무지 이해하기 힘든 개망나니였다.

광주 시민이 목이 터져라 외치는 외침 속에는 여러 의미를 내포한 게 아니었다. 나와 너는 형제다. 나와 너는 가족이다. 나와 너는 한 국민이다. 그래서 나와 너는 하나다.

다만 나와 너는 시궁창에서 콩나물 대가리를 훔쳐 먹으려고 이리저리 눈치 보는 쥐새끼를 닮은 정치적 탐욕 자들. 절제되지 않은 채 마구잡이로 총칼을 휘갈기라고 명령하는 한 줌도 안 되는 권력 탈취자들에 의해서 수단화되어 이용당하고 있다는 사실을 인지하고 있자는 것일 뿐.

그들의 광기 어린 야욕의 제단에 잠시 올려 쓰이는 제물이 되어서는 안 된다는 것이었다.

미친 듯 날뛰는 도살자들의 분열적 증세는 도저히 이해할 수가 없었다.

비바람 치는 궂은 날씨에 우산 받았다고 주저 없이 시민의 몸을 찌르는 격이었다.

거센 눈보라 몰아치는 엄동설한에 외투를 입었다고 사정없이 몽둥이를 휘두르는 격이었다.

산봉우리에 올라 기분 전환으로 '야호' 소리 냈다고 망설이지 않고 목을 베어 버리는 격이었다.

광주 곳곳에는 군인들의 총에 착검 된 칼에 찔려서 신음하는 아내, 남편, 부모를 붙들고 통분을 이기지 못하여 몸부림치는 절규로 가득 차 있었다. 군인들의 실제 사격으로 처참하게 죽어간 아들과 딸과 부모의 시신을 부여잡고 피범벅이 된 얼굴로 피눈물을 뱉어내면서 혼절하였다가 깨어나기를 반복하는 모습은 아비규환 그것이었다.

"아이, 지에미 씨부랄놈덜이 웃덜얼 싹 다 죽일라고 작정혔는갑서."

"요런 개아덜놈덜이 칼로 폭폭 쑤시는 것도 모지래서 총으로 팡팡 쏘아대넌 거시 끝장 보것단 짓거리 아니 것더라고.”

“어야, 어야, 팡팡만 쏘먼 어찌다가 한 사람이나 죽제마는, 아! 저런 호로아덜넘덜이 다르륵 다르륵 갈겨대는 거를 봉게로 자네 말이 맞지만서도, 아예 광주 시민덜 씨럴 말리자넌 것 아닌갑네.”

“에이 이 사람. 설마허니 약 빨고 신경계럴 교란시켜 갖고 사람이 하찮은 장난감맹키로 보이넌 환장헌 넘덜 아니고서야 어찌 그럴라디라고.”

“어허, 이 사람 시방 에펜네 배 위에서 두둥실 낮거리로 호사 허고 왔다냐? 어쬈디냐? 아적꺼정 이녁 지집 젖꽃 만지대끼 혼몽헌 거이 똑 저 사람이 마약쟁이 같음세.”

“에라이, 배때지럴 좌악 갈라갖고 창새기럴 박박 긁어내서 패대기쳐도 씨원찮은 넘덜이 어디서 왔으까 이.”

“어디서 온걸 알면 뭐 헐 거인가. 아, 외국 땅뎅이에서 물건너 온 넘덜언 아니잖더라고. 허면 답이 착 나오잖여.”

“오메, 오메, 개상녀르 새끼덜. 거 뭐시냐. 전가 넘인가 허고 고 똘만이 새끼덜언 우리덜 고장에 피바다럴 맹글어 놓고 목구녕으로 밥이 넘어가까?”

“어야, 피럴 보것자고 작정헌 넘덜 아니더라고. 글먼 고런 개아덜 넘덜언 피럴 보아야 밥맛이 동헐 거인디, 무신 한가헌 소리럴 허는가 시방.”

“니기미 씨부랄넘으거. 나도 오널보틈 총허고 총알이 생긴다먼 나허고 내 가족허고 내 고장 광주럴 지키기 위혀서 무장혀 갖고 저넘덜허고 죽자사자 싸울란다."

"아서, 아서, 저넘덜이 피바다럴 맹글수락 옷덜언 맨몸뚱아리로 똘똘 뭉쳐서 바우뎅이럴 맨들어 갖고 싸우먼 되는 거이여."

오월의 무등산에서 피비린내가 진하게 배인 바람이 불어왔다.

해마다 해마다 오월의 신록과 살갗을 비비대면서 맑고 깨끗하게 산들거리는 무등산의 산바람과 잎 바람과 꽃바람. 무등산의 바람은 광주 시내 구석구석 닿지 않은 곳이 없었고, 광주 시민이면 누구를 가리지 않고 어루만져 주었다.

오월의 무등산. 오월의 광주.

무등산의 성결한 향취를 덧입은 푸른 색조의 산바람, 잎 바람, 꽃바람은 날이면 날마다 그리고 시간의 흐름을 좇아서 꼼꼼하고 세심하게 느끼다 보면 서로 같지 않았고 아주 작은 차이가 있었다.

광주 시민의 새벽 잠자리에 산사의 은은한 종소리나 교회의 잔잔한 종소리가 이부자리에 조용하게 내려앉으면 무등산의 바람은 성지에서 들리는 복음처럼 고결했다.

광주 시민의 가정이 화락하고 시민 한 사람 한 사람의 실제적인 삶에 복운이 넘쳐날 때면 무등산의 바람은 온 가족이 모여 정담을 나누는 것처럼 화기애애했다.

광주 시민의 상업이 흥성하고 인근 들녘에 농부들의 모내기가 끝나고 풍년이 예감되면 무등산의 바람은 푸성귀에 돼지고기가 듬뿍 올려진 보쌈처럼 풍성했다.

광주 시민의 일터마다 눈과 눈으로, 손에 손을 잡고, 말과 말로써 순리를 따라 서로를 어루만지면 무등산의 바람은 포동포동 정이 많은 엄마 품처럼 포근했다.

광주 시민의 집으로 돌아가는 해 질 녘 발걸음에 육자배기 한 가락 구성지게 뽑아내는 콧소리가 나오는 즈음이면 무등산의 바람은 가을걷이가 끝나고 한바탕 농악을 노는 것처럼 분주했다.

광주 시민의 잠자리에 별이 내리고 달이 노니는 정결한 시간이면 무등산의 바람은 은황색 물감을 칠해 놓은 호수처럼 평온했다.

무등산의 수목들은 언제나 그 자리에서 터를 잡고 있는 듯 보였다. 어제처럼 오늘도. 작년처럼 올해도. 그저 말없이, 그냥 묵묵히 항상 그 자리를 지키고 있는 듯 보였다.

그러나 오월의 무등산 수목은 같은 가지였지만 한 해, 두 해가 갈수록 같은 듯 다르고 다른 듯 같은 바람과 잎과 꽃을 만들어냈다.

그래서 오월의 무등산은 광주 시민의 삶에 맞추어 광주 시민의 생명과 결합되어 산바람, 잎 바람, 꽃바람을 쉼 없이 그리고 오래오래 전부터 광주 시민에게 실어 보냈다.

조성균은 무등산의 매스껍고 역겨운 피바람을 심호흡으로 크게 들이마신 다음 바람을 등 뒤로 하고 담배를 꺼내 물고 성냥을 그어 불을 붙였다. 원인을 알 수 없는 건짜증에 연거푸 담배 연기를 폐부 깊숙이 찔러 넣었다. 현기증이 일면서 머리가 핑 도는 듯했다.

그간 일어났던 몇 가지 일들이 영사된 슬라이드 필름에 담겨진 장면처럼 담배 연기에 묻어 나왔다. 단 한 번의 실수 없이 자기 나름의 역할을 다 했다고 자평하곤 했지만, 가끔 어지럼증이 느껴졌고 머리가 지끈거렸다. 바람이 피 냄새를 훅 날리며 지나갔다.

담배 불꽃이 검지와 중지 사이에서 빠르게 타들어 갔다. 갈급증에 담배 한 대를 더 피울 요량으로 앞가슴 왼쪽 주머니에 손을 넣어 담뱃갑을 꺼냈다. 담뱃갑은 비어 있었다. 힘껏 구겨 땅바닥에 패대기쳤다.

조성균은 나이에 어울리지 않게 이마에 굵은 주름이 깊이 패어져 있었다. 그뿐만 아니라 옴폭 들어간 볼따구니에는 오기와 독기가 살벌하게 뻗쳐서 음습하고 사특한 기운이 뻗치고 있었다. 조성균의 그러한 눅눅하고 축축한 인상 속에는 자신의 이익을 위해서라면 온갖 모략을 꾸미고 계략을 획책하겠다는 벽창호 같은 고집으로 가득 차 있었다.

본시 타고난 성격도 작용하고 있겠지만 시대의 조류에 맞춰

그때그때의 변화하는 상황에 잘 맞추어 행동하는 가학적 파괴주의자임이 면상 전체에 뚜렷하게 박혀서 섬뜩한 인상을 주었다.

조성균의 아버지 조변수는 해방 전 일본군의 특수 병과 장교로 근무하였다. 조변수는 그 직책을 발판 삼아 많은 독립군들에게 살을 도려내고 뼈를 깎아내는 흉악무도하기가 이를 데 없는 악명이 높았던 자였다. 그는 일본군이나 그 조직에는 아부, 아첨하고 조선인에게는 방약무인하면서 세칭 출세가도를 달려왔던 철저한 친일 기회주의자였다. 해방 후에 잠시 주춤했던 그는 미군정이 들어서자마자 화려하게 복귀했다. 그러나 얼마 가지 못해 뜻있는 독립지사의 아들이 야밤에 귀가하는 그를 예리한 흉기로 난자하여 살해했는데, 그가 변사체로 발견되었을 때 주위에 있던 사람들은 소리 나지 않는 박수를 치고 또 쳤다.

조성균의 어머니 지미련은 일제 강점기 시대부터 문학 활동을 하던 문필가였다. 그러나 지미련의 문학에 대한 방향성은 매우 정치적이었고 편향적이었다. 그녀의 친일 행각이야 그렇다 치더라도 조선의 젊은 여성들에게 던지는 글은 뭇사람들을 아연실색하게 만들었다. '조선의 젊은 여성들이여! 황국신민으로서 일본국에 절대적인 충성심을 발휘할 기회는 얼마든지 많다. 그 많은 일 중에서 조선의 젊은 여성이 선행해야 할 일은 일본군이 죽음을 무릅쓰고 싸우고 있는 전쟁터로 자원하여 나아가 일본군을 위안해 주는 것이다. 지금 일본군은 세계 평화를 위해서 사랑하는 가족을 뒤로하고 집을 떠나 전쟁을 수행하고 있다. 일본국의 승리를 위하여 막중한 임무를 거행하는 일본군 전사들에게 황국신민의 이등 민족의 딸로서 할 일이 무엇이냐? 그것은 다시 강조하고 역설하지만, 전선에서 고독하게 전쟁에 임하고 있는 일본군에게 몸도 마음도 아끼지 말고 위안해 주는 일이라는 것은 너무나 자명하다. 우리 조선의 젊은 여성들이여! 세계 어느 전선을 가리지 말고 일본군이 싸우는 곳 어디라도 자원하여 감으로써 일본군이 더 잘 싸울 수 있도록 하루라도 빨리 나서자.' 그렇게 외치던 그녀는 해방 후에 자기반성 없이 민족을 위한 고육지책이었다며 애매모호한 변명으로 얼버무리고 말았다. 그리고 반공을 국시로 하는 정부에서 교육부 장관까지 한 능력과 수완을 발휘했다. 그러나 뒤늦게 그녀의 행적을 문제 삼은 제자들은 그녀에게 독배를 마시라고 아우성쳤고 결국 그녀는 남편이 군복무 시절 빼돌려 숨겨왔던 권총으로 자결하였다.

멀리서 악에 받친 시위 군중의 구호와 함성이 일어나더니 무등산 끝자락까지 흐릿하게 밀려왔다.

"따아앙, 따아앙."

단발 조준 사격 소리였다.

"드드득, 드드득."

단발 조준 사격이 몇 발인지 가늠하기 어려웠지만 잠깐 뒤 연발 총성이 들려왔다.

군중들의 분노로 뭉쳐진 외침 덩어리를 분쇄하기 위한 극단의 방법이자 유일한 해결책인 듯 총소리는 거침없고 앙칼지게 들려왔다.

조성균은 후각이 예민하게 발달한 개처럼 진하게 풍겨오는 피 냄새를 큼큼 맡았다. 하이에나가 피와 살을 구하기 위해서 무덤을 파헤치는 광경이 떠올랐다.

피바람인데도 무등산 바람의 메스껍고 역겨운 냄새의 불쾌함과 원인이 불분명했던 건짜증에 대한 해답을 불시에 얻었다는 생각이 들었다. 그의 최종적인 판단은 단순하고 간단했다. 자신이 직접적인 살육의 현장에서 잠시 비껴나 있었다는 것이었다.

조성균은 며칠간 찌뿌둥한 기분과 머리가 지끈거리며 쑤셔 왔던 근원을 찾았다는 기쁨으로 마음이 뿌듯했다. 그는 억제하기 힘든 희열을 맛보며 입꼬리에 걸린 상스러운 웃음을 옷소매로 쓰윽 닦아냈다. 이어서 살기가 빳빳하게 돌고 있는 눈깔을 뒤룩거리며 사위를 둘러보았다.

시내에서 좀 떨어진 변두리인데도 상점은 대부분 철시 상태였다. 왼쪽 좁은 길가 모퉁이에 담배라는 푯말이 붙어 있는 작고 낡은 가게가 눈에 들어왔다. 허름한 것으로 보아 가게의 문이 닫혀 있지는 않았을 것 같았다. 서른 발짝 남짓 될 듯했다. 그곳으로 발길을 옮겼다.

가게 입구 벽면에 공중전화기가 설치되어 있었다. 유리창은 안쪽이 보이지 않을 만큼 켜켜이 쌓인 먼지가 나름대로 층위를 이루어 유리면마다 달랐다. 미닫이문을 열었다. 좁은 통로 좌우의 진열대에 놓여 있는 과자 봉지들은 원래의 색상에서 많이 바래 보였다. 게다가 여러 가지 종류의 과자가 한데 뒤섞여 어지럽게 되어 있을 뿐만 아니라 뿌옇게 낀 안개 비슷하게 먼지까지 듬뿍 앉아 있어서 가게 안은 너저분하였다. 오랜 시간 동안 지속 되어 왔을 것으로 추측되는 들큼한 가게의 공기 때문인지 뱃속이 느글거리는 기분이었다.

"뭘 찾으슈?"

땟국물로 절은 가림 천을 열고 두 볼이 오므라진 백발의 노파가 까칠하게 마른 얼굴을 내밀었다.

"아, 예. 담배 한 갑 사려고 합니다."

조성균은 가게 안으로 들어서면서 어두침침하고 정연하지 못한 가게 분위기에 잠시 정신을 놓았다가 혼미해졌던 의식에서 깨어나 본래의 자신으로 돌아왔다.

"젊은이는 요 동네 사람언 아닌거 같언디 어디서 왔수."

"따르륵 따르륵 따르륵."

노파의 물음이 끝나자마자 조성균의 대답을 대신 하듯 연발 사격 총성이 들려왔다. 하지만 연발 사격 총소리는 노파의 질문에 부딪혀서 더 이상 뻗어 나가지 못하고 좁은 공간의 낡은 가게에 떨어져 버린 것처럼 이번 총성은 선명하였다.

"아, 글씨, 우리 광주 시민덜 허고 무신 웬수가 졌다고 저지랄로 사정없이 총을 쏴 댄다냐. 참으로 얄망궂은 놈덜 아니라고."

노파는 골이 깊은 주름을 잔뜩 찌푸렸다. 갈라지고 메마른 목소리는 작지만 어기찼고, 낮지만 원망스러움으로 가득 차 있었다.

"군인들이 총을 쏠 이유가 있으니까 쏘겠지요."

"아이고매, 아이고매, 젊은이가 시방 무신 맴먹고 고러코럼 험헌 소리럴 허고 근디야. 나가 잘언 몰르지만서도 못되야 먹은 대빵 군인인가 허넌 모지리 같언 넘이 꼭대기 자리 차지헐라고 그런담스로. 그리갖고 우리 광주 시민덜이 함께 애써서 그거이 잘못 됐신게로 물러가라고 허니께 무담시 사람덜얼 칼로 찌리고 총으로 쏴 죽이라고 헌다니 인두겁얼 쓴 즘생 아닌갑네."

노파는 처음보다 훨씬 감정이 격해져서 쪼글쪼글한 주름이 더 비틀어졌고 목에 가래가 가득 차서 숨을 헐떡거렸다.

"할머니, 걱정 안 해도 돼요. 죽일 놈들은 죽여야 되고 죽을 놈들은 빨리 죽어야 하니까요."

"젊은이가 늙은이럴 얕잡아 보고 허넌 소리ㄴ갑넌디 함부로 씨월거리먼 천벌 받어. 허고 죽일라먼 나 같언 늙은이나 죽여야제 젊다나 젊언 학상들이나 시민덜언 살 날이 창창헌디 죽어싼게로 나가 애가 보타 죽딜 안컸다고."

"에이 할머니 그만하고 담배 한 갑 줘요. 그런데 말이에요. 할머니가 모르니까 그렇지, 어렵게 말하자면, 저런 싸움에서 승리는 가진 사람이나 칼이나 총을 사용한 사람들이 차지해 왔어요."

조성균은 어른에 대한 조그만 예우는커녕 오만하고 방자했다. 그의 언어 속에는 시퍼런 독기와 잔인한 광기가 격렬하게 요동치고 있었다. 치명적인 결과를 초래하게 만드는 독충과 같았다.

그는 아예 나와 너의 적대적 영역을 확실히 설정해 놓고 세상을 양분시켜 놓았다. 내가 그어 놓은 선과 내가 기준으로 삼은 일정한 범위 안에 타인이 들어와서 왜 그러냐고 따지거나 저항하는 사람이면 상해를 입히거나 죽여도 된다는 극단의 논리였다.

"아녀 아녀. 젊은이가 잘 모린게로 그렇제, 똑 그렇덜 않언거이 시상 이치여. 고런 작자덜언 언젠가넌 지 몸땡이 하나 간수허기 심들만치 큰 벌얼 받게 되야 있어. 글 아니면 저그 자석 새끼덜헌티 죄값이 내리물림 허던지."

노파는 굽은 허리를 겨우 일으켜 세우더니 거렇게 피어오른 검버섯에서 솟아나는 노기를 달래려고 바싹 마른 장작과 같은 얼굴을 쓸어내렸다.

"그란디 참 이상탄 말여. 시상을 살다 본께로 종말이 험헌 꼴로 끝나넌 넘덜이 많던디, 그리 험상시런 꼴얼 당허넌 거럴 앞시랑서도 또 다런 욕심 많은 생각얼 가진 미치광이 인간 종자가 새시로 나타나께 말이여. 참말로 사람이 사람헌티 못헐 짓거리럴 허넌 인간 말종같언 놈덜 같으니라고. 무신 커다막한 괴기땡이 같언 먹잘거이 생긴다고 지랄엠벵덜얼 떨고 그까 잉. 요런 난

리통얼 맹글고 시상얼 어지럽게 허년 일덜이 풍뎅이 새끼 뱅글뱅글 제자리 돌대끼 또 그라고 또 그라니 나 원 참 알 수가 있어야 제. 거 머시냐. 널찍허디 널찍헌 바다년 메꽈도 사람 욕심언 메꿀 수가 없다디만 딱 그짝이라. 아이고 어메, 나가 변설이 너무 질어 져 부렀구만 이잉. 젊은이가 상시런 말얼 혀쌌다 봉께로 이 늙은 이가 히본 말잉께로 그리 알아 먹어."

노파는 영 마땅치 않다는 일그러진 표정으로 미닫이문 쪽으로 눈길을 돌렸다.

"옛소, 담배 여그 있수."

조성균은 담배를 받아 들고 홱 돌아섰다. 시들시들 다 죽어가 는 늙은이였기에 망정이지, 만약 젊은 축에 든 자가 저런 싸가지 없는 사설을 늘어놓았다면 닭 모가지를 비틀어 버리거나 돼지 멱 을 따듯이 절단을 내고 말았을 것이었다.

조성균은 괜한 시간을 허비했다는 불쾌감을 꾹꾹 누르며 조금 전 복덕방 앞을 지나치면서 들었던 장면을 재현시켜 보았다. 중 장년의 사내들은 서로서로 위로한답시고 나눈 푸념에 지나지 않 았을 터였다. 또한, 그들은 답답한 현실에 대해 울분을 토하고 싶 었을 것이었다.

그러나 그건 그들 사정이었다. 가슴 깊숙이 들어찬 속마음을 끌어올려 내뱉은 그 말이 현재 그들의 심리적 감정임은 분명했다. 설령 그들이 나눈 대화가 어떤 의미를 두지 않고 툭툭 던진 일회성의 성격을 지니고 있다 하더라도 광주 시민 모두의 생각으로 일반화해서 생각해도 무리가 아닐 듯했다.

상처가 더 깊게 곪기 전에 한 놈 두 놈. 환부의 상처가 덧나기 전에 차례차례. 그리고 큰 열매를 가지에 매달기 위해서 다른 열매를 따내듯이 하나씩 하나씩. 국가나 사회의 정의 구현을 위해 아무런 도움이 되지 않는 독버섯에 불과한 놈들은 미리미리 제거해 버리는 게 좋았다.

정상적인 국가를 만들려고 뜻을 가진 군인들이 나섰는데 어느 못된 놈들이 감히 뉘를 향하여 어디라고 나서는가 말이다. 무지몽매한 군중들을 선전 선동하는 불순분자나 난동 분자들은 야금야금 떠내야 했다. 그렇게 솎아 내다보면 군중들은 지레짐작으로 눈치챌 것이고 바람결에 떠도는 소문이 되어 공포 분위기가 조성될 것임은 분명했다.

그 파급 효과는 크게 나타날 것이고 광란을 부리는 폭도들을 제압하는 극대화 된 효율적인 방법임은 두말할 나위가 없이 자명한 일이었다. 물론 그건 소극적인 소거 방법으로써 제한적임을 잘 알고 있었다.

보라. 총에 착검된 칼로 난동을 부리는 자들을 난자하고, 총알을 장전하여 난리를 피우는 자들에게 난사하면, 군중들은 사방팔방으로 달아나지 않던가. 거기다가 장갑차까지 동원하여 폭도들을 깔아뭉개 버리면 진압 작전은 제대로 이루어질 것임은 확실했다. 혹시 그것도 부족하다면 공중에서 기총 사격을 해서라도 폭도들을 깡그리 몰살시켜 버리면 될 일이었다. 그러면 완전한 작전 성과를 낼 것이고 일시적으로 몸을 숨겼던 폭도들은 아예 거리로 튀어나올 생각을 접어 버릴 것은 명확했다.

칼과 총으로 찌르고 쏘아도 미련하고 소갈머리 없는 멍청한 놈들은 콩인지 팥인지도 모르고 또 총칼 앞에 나타나긴 하지만. 하기야 그놈들은 제 죽음을 영웅시하려는 과대망상자들이니 개의할 필요가 없었다. 확실한 것은 아스팔트 길바닥 위에 더 많은 피를 흥건하게 적시게 하면 적시게 할수록 폭도들은 아침 햇살에 안개 사라지듯 자취를 감추고 말 것이라는 사실이었다.

"따르륵, 따르륵, 따르륵."

방향을 어림잡을 수 없는 발포 소리가 아련하게 또 들려왔다.

폭도들의 신체 곳곳에 탄알이 박힌 비명과 신음은 들려오지 않았지만 조성균은 벅찬 감동으로 가슴이 뭉클했다.

"쏴라, 쏴라, 총알을 남기지 말고 쏴라."

조성균은 피를 튀기며 죽어가는 폭도들을 연상하면서 짜릿한 쾌감으로 불끈 쥔 주먹을 부르르 떨었다.

조성균은 다시 복덕방을 떠 올리면서 잠깐 끊어졌던 기억을 생각해 냈다.

그들이 나누던 중구난방의 말들은 근거가 불확실한 추정에 불과했다. 그들은 현상을 정확히 보려는 게 아니라 대중들 사이에서 떠돌아다니는 파편들을 주워 모아서 만든 엉터리 형상에 불과했다. 그런 억측을 기반으로 삼다 보니 대부분 낭설에 가까웠다. 그들은 사실과 매우 동떨어진 정보들을 교환하면서 신뢰감을 쌓아갔다. 대중들 사이에서 날조, 조작, 가공되어 뒹굴어 다니는 허위 정보를 액면 그대로 받아들였다.

그 결과는 아무 일도 일어나지 않았는데, 실제적으로 일어난 사건인 양 진실을 호도하고 있었다. 제깟 것들이 뭘를 얼마나 안다고. 가소롭기 짝이 없었다. 낯바닥을 쫙 할퀴어 뜯어 놓고 싶은 충동을 억제하기 힘들었다. 아니 모두 목을 쳐도 성이 차지 않을 것만 같았다.

그중에서도 복덕방 앞에서 앞뒤 가리지 않고 막말을 내뱉던 자 중에서 총과 총알이 생긴다면 무장을 하겠다는 중년 남자의 면상을 유심히 살피지 못했던 것이 마음에 걸렸다. 그자는 무기가 어디서 반출되고 어떤 경로로 유통되는지 알고 있는지도 몰랐다.

그자의 뒤를 밟아 적당한 장소에서 재깍 낚아채어 전후 사정을 추궁하다 보면 자신이 알고 있지 못했던 총기 유출과 분배 과정에 대한 결정적 단서를 확보할 수 있다는 생각에 미쳤다. 혹시 같이 행동하는 일당이 있는지, 있다면 그 인원은 몇이나 되는지 알아보아야 할 중대 사항이기도 했다. 설혹 아무 의미 없이 혼자만의 객기나 호기에서 과시적으로 뱉어낸 말이었다 할지라도 그런 자들은 싹부터 도려내야 했다.

조성균은 얼마 전부터 매우 못마땅한 소식을 접하기 시작했다. 광주 시내에서 준동하던 일부 무리들이 인근 지역으로 침투하여 들어가 그 지역 주민들의 도움을 받거나 공모하여 파출소 등의 무기고를 파괴하여 총기와 실탄을 탈취한다는 것이었다. 그렇게 탈취한 무기로 광주 시민들은 자연스레 무장한 세력으로 커져서 막강한 시민군으로 전환될 것이라는 이야기들이 공공연하게 들려왔다.

시국은 어수선하였고 공적 체계는 정상적이지 않았다. 시민들은 차분하게 시민들의 당면한 문제를 주장하는 데 비해서 오히려 군인들이 성급해 보이는 측면이 강했다. 시민들의 공식 입장을 보면 광주의 치안 질서가 현재의 민주화 시위 이전보다 훨씬 안정적이고 원만하다고 허위 주장을 하고 있지만, 까짓 사람 하나 제거하여 흔적을 지우는 일쯤이란 어렵지 않았다.

제일 먼저 생각해 볼 수 있다면 폭도들이 살해한 것처럼 위장할 수 있었다. 또 하나 저희끼리 내부적인 문제로 다툼을 벌이다 우발적이든 계획적이든 일어난 살인 사건으로 가장하면 되었다. 그것도 아니라면 폭동 현장에 나갔다가 영문 모를 죽음에 이르렀다고 꾸미면 그만이었다.

시정이나 도정은 어지러워지고 민심은 흉흉했다. 일부에서는 협상론 자들이 나서서 역할을 한다는 소문이었다. 또한, 협상 조건으로 자진해서 총기를 반납하여 시민 의식을 발현하자는 소식도 들려왔다. 높은 시민 의식을 갖춰서 정정당당하게 투쟁하자는 여성의 가두방송 차량이 시민들의 박수를 받고 있다고 했다.

조성균은 협상이라는 말이 들려올 때마다 비웃음을 물었다. 협상이란 어떤 목적에 부합되는 결정을 하기 위하여 서로 의논하는 행위라고 했다. 의논이라는 말에 메스껍고 배알이 뒤틀렸다. 서로 의논할 게 뭐가 있느냐 말이다. 정당한 국가 권력을 집행하고 시행하는데 제 놈들이 딴지를 걸고 있는 형국인 것은 광주 시민 말고는 전 국민이 다 알고 있는 사실이니까 말이다. 그리고 보면 때론 시간과 장소에 따라서 난폭한 흉기로 변하는 언론을 적절하게 조정하고 있는 뜻 깊은 군인들의 방식이나 자세는 아주 타당한 조치 중의 하나라는 생각이 들었다.

광주에 주둔하고 있는 군인들에게 서울의 실권 세력들로부터는 한 뼘이라도 뒤로 물러서지 말라는 강력한 지시가 하달되는 모양이었다. 난동을 부리는 폭도들에게 밀려서 한 발짝이라도 물러난다는 것은 군의 명예를 실추시킨다는 인식이 깔려 있어 보였다.

오히려 더 많은 군인을 증원시켜 보낼 테니 광주로 진출입하는 모든 통로를 완전히 봉쇄하거나 광주 전역을 빙 둘러싸서 투망식의 초토화 포위 작전을 펼치라는 행동 지침을 시달하는 인상도 주었다. 이러한 작전 수행 방식은 광주 시민을 어항 속의 물고기로 만들어서 회심의 미소를 흘리며 즐기자는 인간 사냥꾼이 아니라면 도저히 이해하기 어려운 지시 명령이었다.

서울에 있는 신군부의 권력 찬탈 의지는 강력해 보였다. 일개 지역의 소요 사태는 일회성으로써 어차피 한 번은 겪어야 할 작은 몸부림으로 보았다. 서울의 실권자들은 자신들 딴은 목숨을 걸고 저지른 쿠데타였던지라 광주 시민들이 얼마나 다치거나 죽어도 상관할 바가 아닌 것처럼 여기는 듯했다.

단지 자신들이 저지른 쿠데타를 완성하기 위해서 발광적인 행동으로 일관할 것임은 기정사실화되어 있음이 즉각적으로 감지되었다. 광주의 군중들이 요구하는 일체의 사안들은 막무가내로 떼를 쓰고 울어대는 어린아이의 행위쯤으로 간주하고 그 방향으로 몰아가는 분위기도 느껴졌다.

군인들의 의지가 이러한데도 국가 권력의 핵심 세력인 현재의 실세 군부의 화력에 도전하려는 광주 시민의 망동은 지푸라기 하나 들고 총칼을 든 저 많은 군인과 싸우자는 정신이상자일 뿐이었다. 그렇지 않으면 승산이 전혀 없는데도 맨주먹 불끈 쥐고 집채만 한 바윗돌을 부수겠다고 덤비는 경거망동이나 과대망상과 다를 바가 없었다.

복덕방 쪽으로 고개를 돌렸다. 중장년의 사내들은 아직도 핏대를 올리며 서로서로 손사래를 치는가 싶더니 찬웃음을 입가에 물고 자리에서 일어날 기미를 보이기 시작했다. 한두 마디라도 더 해야만 직성이 풀리려는지 마른 입술에 거품까지 뿜어내며 숨을 거칠게 몰아쉬는 한 중년 사내는 탁자를 손바닥으로 탁탁 쳐대며 흥분을 멈추지 않았다.

조성균은 가게 기둥에 놓여 있는 공중전화기의 수화기를 들고서 어딘가로 번호판을 꾹꾹 눌렀다. 조성균은 복덕방으로 걸음을 옮겼다. 그자의 뒤를 쫓으려고 옷깃을 매만졌다.

칙칙하던 기분만큼이나 찌뿌듯하던 발걸음이 이제야 가벼워지는 것을 느꼈다. 무등산에서 날아오는 피비린내 바람도 이제는 아무런 불쾌감 없이 숨쉬기가 편안해졌다. 가자. 불순분자이거나 반동분자인 자들을 하나씩 하나씩 제거하러.

"타타타아앙, 타타타아앙."

연발 사격 중간 중간에 단발 사격 소리가 멀리서 혹은 가까운 곳에서 간헐적으로 들려오곤 했다. 조성균은 연발이 됐든 단발이 됐든 총성이 들려올 때마다 흐뭇하고 흡족했다. 총구가 시민들의 가슴이나 머리통의 정면을 향하여 조준되고 있음이 확실하다는 믿음 때문이었다. 총구의 숫자가 많으면 많을수록, 총구에서 나간 탄환이 시민들의 심장을 정통으로 꿰뚫어 나뒹구는 시신이 많으면 많을수록 영광으로 가득찬 혁명은 완성되리라. 광란의 폭도들은 결국 국가를 위한 충정심에서 일으킨 혁명 세력에게 굴복하고 말리라.

무혈 혁명은 이론적으로 가능할지 모르나 실제에서는 반드시 많은 양의 피를 동반해야만 실현될 수 있다는 사실만큼은 분명했다. 혁명은 사람의 피를 먹어야만 하고 사람에게 고통을 주어야 하는 필연적인 운동 양식이라는 생각이었다. 혁명은 극한의 공포와 극도의 긴장을 바탕삼아 민중을 발아래 깔고 그 위에 우뚝 서는 승자의 환호와 같은 축성이었다.

조성균은 지금 전개되고 있는 뜻을 모은 군인 동지들의 혁명 의지를 반추해 보았다. 그들의 혁명에 대한 명분, 방법, 방향성 등 어느 것 하나 그릇되어 보이지 않았다.

혁명은 단지 정적을 거세시키고 탄압하는 것만을 의미하지 않았다. 혁명은 민중들의 피를 받아서 하늘의 명을 새롭게 해야만 했다. 따라서 사람의 피를 담은 양동이를 야욕의 제단에 올리는 간악한 살생 의식이라는 믿음 역시 변함이 없었다. 혁명은 피로 덧칠된 제단에 피로써 마름질하는 제식일 뿐이었다.

물론 향후 시대부터는 혁명의 양식이나 주체 세력이 다양화될지도 몰랐다. 지금과 같은 군사력으로 혁명을 일으키고 무력으로 반혁명 세력을 제압하는 방식은 문명사적 측면에서 보면 가변성이 많을 것으로 전망되었다. 군사력을 동원하여 무기를 사용하는 무력에 의한 혁명 이외에도 어떤 특수 직군이나 정치, 경제적 야욕으로 가득 찬 특정 집단이 무력을 대신하여 국가 권력을 장악하는 방향으로 전환될 가능성은 많았다. 특별한 이유가 없는 한 그러한 혁명 방식은 곧 현실화할 가능성이 높았다. 그러나 문제가 있다면 그러한 직군이나 계층에 의한 혁명은 군사 정변보다 더 해악을 끼칠지 모른다는 사실이었다.

국가와 사회의 장악력이 높아졌다고 판단한 그들 직군이나 집단은 굉장한 우월 의식 속에서 국민 위에 서려고 할 터였다. 그들은 태생적으로 선민의식이 유전자 안에 내포되어 있다고 착각할지도 몰랐다. 그들은 자신들의 직군이 가지고 있는 권한이나 자신들이 속한 집단의 이익을 위해서 변증법적인 수많은 거래와 교환을 수단화해 나가는 조악한 작태를 보일 것이었다. 조성균은 군사 혁명이 피를 뿌리는 잔혹한 행위라면 이들의 혁명은 피를 말리는 추악한 모습으로 드러날 것이라는 점을 예측해 보았다.

직군이나 집단의 힘으로 커나가는 권력은 물이고 민중은 배였다. 민중은 그들에게 항상 주눅 들어야만 했고, 그들을 우러러 숭앙하도록 무의식적인 강요를 받아야만 했다. 그렇게 되도록 그것을 담당하는 매개체 역할은 사회적 지위와 경제적 풍요가 어우러진 그들과 결탁된 세력이었다. 특정 기관, 일부 직군, 별정 계층이었다.

그들은 서로서로 빌붙고 각자 기생하면서 아부, 아첨하는 천박한 권력으로 부상할 것임은 확실했다. 그들 역시 국가나 사회를 자신들의 힘으로 쥐락펴락할 수 있다는 강한 자긍심에 찬 무리들임을 자랑삼아 우쭐거릴 것이었다. 또한, 그들은 교묘한 언술과 해괴망측한 논설로 보통 사람들의 사고 작용을 마취시키면서 그들이 원하는 혁명 세상으로 변모시켜 나아가리라는 사실도 명백해 보였다.

잿빛 땅거미가 깔리고 있었다.

꽃잎처럼 금남로에 뿌려진 너의 붉은 피
두부처럼 잘려나간 어여쁜 너의 젖가슴
왜 쏘았지 왜 찔렀지 트럭에 싣고 어디로 갔지

중년의 사내들은 누가 작사하고 누가 작곡했는지 모르지만, 시민들의 입에서 귀로, 귀에서 눈으로, 눈에서 가슴으로 전파되고 있는 오월의 노래를 합창했다. 누구 입에서 먼저 시작됐는지 알 수 없었다. 금세 하나로 뭉쳐진 노래가 되었고, 격정과 분노를 누를 수 없었던 중장년의 사내들은 서로 어깨동무를 했다. 낯빛은 이지러졌다. 미간은 좁아졌다. 눈초리는 매서웠다. 합창하는 내내 사내들의 눈에서 매운 눈물이 흘렀다.

"지그 넘덜이 무신 수럴 씰랑가넌 모리겄지만서도 웃덜언 여그다가 빽다구럴 묻어야 안 허겄다고."

가장 나이가 들어 보이는 흰 머리칼이 성성한 장년의 사내가 옹이진 말로 말뚝을 박듯 결기를 다지면서 울음을 삼켰다.

조성균은 녹색 점퍼를 걸치고 좁장한 골목길로 접어드는 사내를 뒤따랐다.

사내는 목 안의 소리로 혼잣말을 중얼거렸다. 사내는 현재 광주에서 일어나고 있는 상황 속에서 그 자신의 무능함을 몹시 비관했다. 할 수 있는 것이라곤 오늘과 같이 네댓 명씩 앉아서 무참히 죽어가는 현장을 증언하는 게 전부였다. 죽음이 뒤따르는 시위 현장에 함께 할 수 없다는 사실이 자신을 안타깝고 서글프게 만들었다.

교회의 저녁 종소리가 어슴푸레하게 들려왔다. 소리 없는 흑갈색의 어둠은 골목길에 낮게 깔리면서 종소리를 조용히 감싸 안았다. 여느 때와 다름없이 골목길에는 사람 냄새와 함께 숟가락으로 밥 뜨는 소리와 젓가락으로 김치를 집어내는 소리가 들려왔다.

마누라는 여름옷이 마땅치 않다며 엊그제부터 한 벌 샀으면하는 눈치였다. 큰아들이 고삼인데 벌써부터 대학 등록금 걱정이 태산이었다. 막둥이 딸이 고등학교에 들어가면 그래도 숙녀인데이런저런 잡다한 준비를 해주어야 했다. 요즘 인력 사무소에 나가서 일거리를 얻지 못한 게 십 여일이 넘은 듯했다. 사내는 희미한 가로등에 의지하여 언덕 위의 집으로 발걸음을 재촉했다.

"형씨! 나 좀 보슈."

골목길의 정적을 깨고 음산하고 눅눅한 목소리가 사내의 가슴을 썰렁하게 만들었다. 사내는 놀라서 발걸음을 주춤했다. 기분을 상하게 만드는 상대의 험악한 공기가 단박에 확 끼쳐왔다. 거들먹거리는 겉모양에다 눈을 내리깐 그는 거만하고 교만했다.

"무신 일이다요?"

사내는 그의 말이 갑작스러워서 놀라기도 했지만 죽음을 동반하고 있는 광포하고 무도한 놈들이 설치는 혼란스러운 시국인지라 그의 살벌한 눈초리가 더욱 무섭게 느껴졌다.

"무슨 일? 개애새끼 죽을 일이지, 무슨 일은 무슨 일이야."

조성균은 허리춤에 차고 있던 권총이 보이도록 양복 상의의 단추를 풀어서 오른쪽 옷자락을 젖혔다. 오월이었지만 차가운 금속 기운으로 인하여 소름이 쫙 돋아나며 몸서리가 쳐졌다.

사내는 처음 보는 사람으로부터 상스럽게 내뱉은 욕설을 들음과 동시에 허리에 차고 있는 권총을 보는 순간 괴이쩍은 생각이 들었다. 이미 죽었거나 지금 죽어가고 있는 광주 시민들의 환영이 다가오고 있는 것과 같은 착각에 빠진 것이었다.

"형씨 말이야. 아니, 너 이 새끼, 총과 총알은 어디에 있어?"

조성균은 사내가 딴 생각 할 겨를을 주지 않기 위해서 사정없이 다그쳤다.

"무신 말씀인지 통 알어 먹딜 못 허구만이라. 지가 어찌케 혀서 총이며 총알을 가질 수가 있당게라."

"이 새끼 이거, 총알 맛이 어떤 맛인지 보아야 제대로 말할 놈이로구만."

조성균은 날렵한 동작으로 허리에서 총을 뽑아 사내의 이마에 바짝 갖다 댔다. 총구가 이마에 닿을 듯하자 사내의 온몸이 오므라졌다. 조성균의 오른손 검지손가락은 방아쇠와 달라붙어서 미세하게 뒤로 움직이고 있었다. 사내의 오므라진 샅에서 오줌이 지렸다.

"사알, 사알려 줍쇼. 묻넌 말씸에 한나도 빠짐없이 말얼 헐랑마요. 그랑께, 요 총만언 조깐 거두어 주시먼 조오, 좋겄구만이라."

사내의 얼굴은 공포에 질려 사색이 완연했고, 아래윗니가 딱딱 부딪치게 떨었다. 아래윗니의 마주치는 소리가 어스름한 저녁의 적요한 골목길에 귀곡의 울음처럼 차갑고 음산하게 들렸다.

조성균은 중장년의 사내들이 복덕방 앞에서 나누었던 대화에서 사내가 총과 총알로 무장하겠다는 이야기를 상기시켰다. 지네가 기어가는 듯한 징그러운 조성균의 면상은 추악한 세상의 혐오와 증오를 연상케 할 만큼 가증스러웠다. 조성균은 사내의 이마에 총구를 밀착시키고 손목에 힘을 가하여 더욱 세게 밀었다.

"그으래, 살려 달라고. 좋아. 야이, 새끼. 언제부터 폭도들의 무장 군으로 활동했나? 지금 총포는 어디에 있나? 이 동네에 너와 활동하는 놈은 누구냐? 너에게 무기를 공급한 놈들을 하나도 빠짐없이 말해라."

방아쇠는 불붙인 종이가 바르르 타들어 가듯 당겨지고 있었다.

"무신 말씀이신지? 지난 군대에서 총얼 만지본 외에넌 손에 대본 적이 읎구마요. 그라고 지난 요 근래, 그랑께로 십여일도 넘게 일거리가 없어 논께로 집안에만 있었구만이라. 예에, 그랬구만이라."

사내는 결정적인 단서에 기반하여 범죄자로 간주하고 문초하는 상대방의 태도에 기가 찰뿐이었다. 그저 울분의 심정과 아픈 현실에 대해서 분노와 노여움을 동네 놀이터 격인 복덕방에서 표출한 것이었는데, 상대방의 문초는 가혹하고 격렬했다.

"이 새끼, 뭐라고?"

조성균은 방아쇠를 당기지 않았다. 총구의 방향은 돌려졌고, 대신 조성균은 권총 손잡이로 사내의 이마를 세차게 가격했다. 사내의 이마에서 붉은 피가 솟구쳤다. 어둠 속에서 솟구치는 붉은 피는 피가 아니라 괴상망측한 형상으로 퍼져나갔다.

사내는 총알이 언제 튀어나올지 모르는 총구를 의식하느라 극도의 불안감 속에서 긴장하고 있었다. 안면의 신경이 마비될 정도의 극한의 고통을 참아내고 있는 터에 상대방으로부터 예기치 않은 일격은 충격이 컸다. 사내는 컥컥하더니 토하는 비명을 입에 물고 털썩 무릎을 꿇었다. 양어깨가 힘없이 축 늘어졌다. 조성균은 저항 없이 저절로 숙여진 사내의 뒤통수를 총구로 정확히 찍었다. 뒤이어 사내의 복부를 구둣발로 세차게 걷어찼다.

사내는 조성균이 권총 손잡이로 이마를 후려쳤을 때, 이마가 찢어지는 아픔보다 가슴이 터질 듯한 때늦은 후회가 더 큰 통증으로 다가왔다. 무릎을 꿇고 있는 사내의 넓적다리에 붉은 피가 뚝뚝 떨어졌다.

사내는 생판 모르는 사람에게 목숨을 보전하기 위해서 구걸했던 자신이 원망스러웠다. 처음부터 당당히 맞서지 못했던 자기반성이 앞섰다. 갑작스레 나타난 정체를 확인할 수 없는 자에게 자신의 몸이 상해를 입었다는 사실에 커다란 분노와 자괴감과 복수심이 밀려왔다.

지금 광주 전역에서 언제, 어디서, 어떻게 죽을 줄 모르는 시민들이 국가 권력을 무도하게 행사하는 군인들에게 맞서서 싸우고 있다는 사실을 너무나 잘 알았다. 조금 전까지만 해도 동네 지인들과 미력이나마 간악한 무리들의 악독한 만행을 성토하고 집으로 가는 길이었다. 단 하나뿐인 목숨을 내던지는 시민들이 얼마이며 이미 내던진 시민들은 또 얼마인가?

그들도 가족이 있다. 그들도 사랑하는 사람이 있다. 그들도 죽음이 두렵다. 그들도 살고 싶다.

막걸리에 두부김치를 먹고, 소주에 삼겹살을 구워 먹고, 맥주에 오징어를 찢어서 먹고, 고량주에 탕수육을 안주로 먹고 싶을 것이었다.

시민들은 아침부터 추적추적 비가 내리는 날 봄의 무등산에서, 만개한 꽃잎이 한 장 한 장 떨어지는 아쉬운 마음을 마음에 담아 놓기 위해서 꽃잎을 곱게 손에 받아 입맞춤해 주고 싶을 것이었다.

시민들은 후끈 달궈진 햇볕이 속옷을 적시는 여름의 무등산에서. 초록의 녹음이 짙게 우거진 그늘에서 돗자리에 누워 팔베개를 만들어 '어니언스'의 '편지'를 부르고 싶을 것이었다.

시민들은 쓸쓸한 바람이 불어오는 가을의 무등산에서, 새싹으로 나와서 단풍으로 자랐다가 이제 낙엽이 되어 떨어지는 잎새를 밟으며 증심사의 부처님께 합장하고 싶을 것이었다.

시민들은 북쪽에서 내려온 차가운 바람이 부는 겨울의 무등산에서, 산등성이와 헐벗은 나무들에 눈꽃이 핀 아름다운 설경을 바라보며 하느님의 영광과 세상의 축복을 기원하고 싶을 것이었다.

"드르르윽, 드르르윽."

시내 쪽인지 시내의 외곽 쪽인지 구분할 수는 없었지만, 살상을 위한 총소리는 무시로 들려왔다. 애초부터 광주 시민을 대상으로 발사되고 있는 사격 소리는 무등산에 부딪혀 더 나아가지 못했다. 광주 시민이라는 명백한 목표물이 있었기 때문에 무등산에 가로막힌 총성은 등골이 오싹하고 기분을 섬뜩하게 만들었다.

사내는 지끈거리고 욱신거리는 몸을 겨우 일으켜 세웠다. 상대에게 총이 있다면 자신은 주먹이 있었다. 죽음으로 몰아가는 상대에게 신체 부위의 어디라도 좋으니 한 방이라도 갈겼으면 좋겠다는 오기가 치 뻗쳤다.

비척거리며 이마의 피를 훔쳤다. 덩어리진 피가 손아귀에 잡혔다. 핏덩이는 이상하게 징그럽다는 감촉보다 푹신푹신한 솜뭉치와 같은 느낌이었다.

사내는 아내의 희미한 웃음에서 용기를 얻었다. 아들의 꾹 다문 입술에서 자신감을 가졌다. 딸의 초롱한 눈망울에서 자존감이 생겼다.

남편과 아버지의 비천한 모습을 보이지 말라는 하나같은 묵시적 언어들이었다. 남편과 아버지의 기개를 기대하지는 않아도 비겁하지 말라는 암묵적 표정들이었다. 남편과 아버지의 비굴한 생환을 기대하지 않겠으니 확고부동한 결심을 실행하라는 신호이기도 했다.

가족들은 단 한 번도 근래에 일어나고 있는 사태에 대해서 드러내놓고 의견을 제시해 본 적이 없었다. 수시로 들려오는 총성에도, 누군가 다쳤다는 통곡에도, 많은 죽음이 발생하고 있다는 절규에도, 현실에서 멀리 떨어져 침묵하고 있었다.

아내는 잠자리에서 남편의 일자리가 생겼으면 좋겠다는 뜻과 자식들과 연관된 말 이외에는 꺼내지 않았다. 아들은 나름대로 대입 준비를 하느라 공부만 했지 애써 현재 벌어지고 있는 사태에 대해서 함구했다. 아내의 말로는 아들의 친구 한 명도 시위에 참여했다가 죽었다면서 애석해했다. 딸은 어린 듯했지만 조숙했다. 역시 아내의 말에 의하면 딸의 친구들도 시위대에 섞여서 작은 돌조각일망정 힘을 보탠다는 뜻으로 군인들에게 돌팔매를 던진다는 것이었다.

사내는 움켜쥐었던 핏덩어리를 상대의 얼굴에 홱 뿌렸다. 물렁한 핏덩이의 촉감이 사내의 손에서 사라지고 상대의 낯바닥에서 터져버린 핏덩이가 꿈틀거리자 살의가 느껴졌다.

사내는 무방비 상태였듯이 공격할 수 있는 무기가 없었다. 사내는 얼른 주위를 훑었다. 어떤 종류의 무기도 있을 리 없었다.

권총을 들고 있다가 급습을 당한 상대는 고개를 숙이고 허우적거렸다. 순간이었지만 빈틈이 보였다. 권총이 사내의 눈에 잡혔다. 권총을 손아귀에서 낚아챘다.

"탕, 탕, 탕."

조성균이 총탄에 맞아 쓰러진 게 아니라 사내가 피를 흘리며 거꾸러졌다.

조성균의 전화를 받고 급히 달려온 정체를 알 수 없는 자들이 골목 어귀에서 사내를 향해 여러 발 총격을 가한 것이었다.

광주로 가는 완행버스

　오월의 풍경은 비 온 뒤 햇빛을 받은 풀잎같이 싱그러웠다. 오월의 사람은 바닷바람을 맞으며 해변을 걷는 다정한 연인같이 향기로웠다. 오월의 도시는 청량음료 한 잔 마시고 '모란이 피기까지'의 시를 읊조리는 소녀같이 산뜻했다. 오월은 단순히 푸른 잎이 우거진 계절만이 아니었다. 오월은 사람의 초록 마음과 나무의 푸른 자태가 순환하면서 번민을 멀어지게 하고 청아한 위안을 주었다. 오월은 사람의 정갈한 마음과 나무의 단정한 맵시가 교류하면서 세상과 삶에 대한 성찰의 시간을 갖게 했다.

　오월은 사람의 본성 속에 존재하는 시기와 질투, 그리고 미움과 노여움을 사그라지게 만드는 오묘한 힘을 갖게 했다. 오월은 사람이 범하기 쉬운 음란하고 난잡한 풍속에 젖어 들지 않도록 정화시켜 주었다. 오월은 유치하고 볼품없게 행동하는 사람이나,

주의가 산만하고 겉만 요란한 사람에게 함부로 행동하지 말고 매사에 삼가며 신중하라고 알려 주었다.

오월은 사람이 반칙하지 말아 달라고 간곡히 부탁했다. 규정이나 규칙을 어기고 적당히 얼버무리며 살아가려는 사람에게 순리대로 살아가도록 순화시켜 주었다. 오월을 녹음의 계절이라고 했다. 오월의 녹음은 오월이어서 푸르게 우거진 게 아니라 지나간 겨울의 쓰라림과 고통과 괴로움을 이겨내고 얻어낸 결과라는 사실을 깨닫게 해 주었다.

오월은 사람이 사랑하며 살아가기를 간절히 원했다. 오월의 나뭇잎 한 잎 한 잎은 살피면 살필수록 손을 맞잡고 있었다. 오월의 푸른 잎이 오밀조밀 다정스레 보이는 까닭은 나뭇잎과 나뭇잎이 손을 놓지 않고 한결같이 함께 하고 있기 때문이었다. 새벽이슬을 함께 맞았다. 아침 햇살과 한낮의 부드러운 햇볕도 같이 받아들였다. 해가 넘어가고 사람의 발자취가 뜸해지고 통행금지가 시작된 야심한 시간에도 살결을 맞댔다. 늘 그 자리에서 밤낮으로 얼굴 붉히지 않고 줄곧 사랑의 밀어를 나누었다.

오월은 사람에게 욕심을 부리며 살지 말아 달라고 권고했다. 오월이 오기까지는 기다림이 있었다는 사정을 말해 주었다. 오월은 사람의 정신을 맑게 해 주기 위해서 인고의 시간을 보냈다고 했다. 오월의 녹음을 나무에 색칠하기 위해서 숙성의 시간이 필요했다고 알려 주었다. 오월은 영원한 게 아니라 또 다음 계절에게 자리를 내주어야 한다고 했다. 오월은 가변성이 많은 세상을 위해서 제가 맡은 위치에서 책임을 다하며 이웃을 사랑하라고 했다. 오월의 녹음이 잠깐이듯 사람도 유한한 삶이니 지나친 욕심은 부리지 않는 게 좋다고 했다.

오월의 녹음이 푸른색인 까닭은 거리끼지 말고 망설이지 말고 푸른 신호등처럼 앞으로 나아가는 것이라고 말했다. 단 타인의 인격과 타인의 사상을 존중해야 한다는 단서를 달았다.

오월은 푸르렀다. 사람도 푸르렀다. 도시도 푸르렀다.

세세연년 광주의 오월은 푸르렀고, 연년세세 광주의 오월 푸르름은 다르지 않았다.

그런데 80년 광주의 오월은 가시적으로는 푸르렀지만, 심정적으로는 붉었다. 아니, 정확히 표현하자면 광주는 진즉 붉은색으로 덧칠해져 있다고 보는 것이 타당했다. 광주의 오월 시민은 이미 푸른색이 아니었고 붉은색으로 변해 버린 사람이 많았다. 도시는 푸른색 미감이 주는 싱그러움은 사라져 버렸고 피 냄새가 진동하여 숨쉬기가 힘들었다.

푸른 나무의 나뭇잎을 자세히 들여다보면 푸른색이 아니었다. 푸른 나뭇잎 위에는 탄환에 뚫려 튀어 오른 핏자국과 칼에 찔려 솟아오른 혈흔과 진압봉에 맞아 터져 오른 핏물이 겹으로 쌓여 푸른색이 아닌 흉측한 피 점박이였다. 푸른색에서 붉은색으로 가칠된 나뭇잎은 생기를 잃었음은 물론 무등산의 정기마저 끊어져 버려 생성하는 힘이 없었고 시들하였다.

그러나 푸른색에서 붉은색으로 변색해버린 나뭇잎은 하늘도 무심하다고 원망하지 않았다. 국가의 안위가 위태한 격변의 소용돌이 속에서 부도덕한 기회주의자들이 판치고 있는 시대와 본분을 망각하고 권력욕에 사로잡힌 몰지각한 군인들의 정치적인 행위도 탓하지 않았다. 자연의 섭리대로 살아가는 푸른 나무는 알고 있었다. 이 땅에 야욕을 부리는 자들은 언제나 존재해 왔지만, 그 탐욕의 결과는 잠깐이면 사라져 버린다는 것을.

푸른 나뭇잎은 저마다 고개를 숙이고 바리케이드를 바라보면서 무뢰한이거나 야만인인 모리배 집단과 가열하게 싸우는 시민에게 울음 섞인 박수를 치고 있었다.

무등산에서 끊임없이 피비린내가 날아오고 있는 가운데, 푸른 나무는 사람들이 흘린 피를 받아 마셨고, 도시는 여기저기 핏자국으로 가득 차 있었다.

하성미과 서상록은 바리케이드에 등을 대고 나란히 앉았다. 하성미는 스물의 중간을 넘긴 단아한 요조숙녀의 용모가 지워져 있었다. 서상록도 목욕하고 난 후의 맑고 깨끗한 모습이 사라지고 없었다. 하성미는 초췌해졌고 서상록은 수척해졌다.

서상록은 오늘이 26일이라는 것을 주위 동지들에게서 들었다. 동지들은 손꼽으며 날짜를 헤아렸다. 동지들은 어제의 시간은 생

166

각하지 않았다. 동지들은 아침의 시간도 염두에 두지 않았다. 오직 지금의 시간, 오로지 승리의 시간만을 위해서 건투를 빌며 굳세게 악수했고 뜨겁게 포옹했다. 그리고 서슴없이 진압군을 향해서 돌진했다.

동지가 총에 맞아 길바닥 쓰러지면 맨몸으로 시신을 수습하러 뛰어나갔다. 총알이 비가 쏟아지듯 달려와도 동지의 목숨 끊어진 신체는 내 몸과 같았기 때문이었다. 동지들은 가끔 들려오는 가두방송에 귀를 열고 상황의 긴급함을 전달받았다. 그럴 때마다 동지들은 '여기가 내가 죽을 자리다.' 라는 결심을 다졌다.

서상록은 토요일인 17일 대서에서 오전 수업을 마치고 교무실을 둘러보았다. 서랍도 정리했다. 지난해 3학년 교실도 살펴보았다. 운동장도 거닐었다. 교문 앞의 들녘과 농수로를 더듬어 보았다. 설악산 한계령에서 단체로 찍은 흑백 기념사진을 품 안에 넣었다. 그리고 광주로 올라왔으니, 오늘이 열흘째가 되었다.

하성미와 광주로 올라올 때만 해도 서상록은 하성미에게 다음 날인 일요일 대서로 내려갈 것을 은연중에 내비쳤다.

"하성미 선생님! 간곡하게 청하고자 합니다. 하성미 선생님! 저의 간청을 거절하지 않으시면 좋겠다는 바람입니다. 하성미 선생님! 오늘 광주에 가셨다가 내일 일요일 대서로 귀가 하시는 게 어떨까……."

벌교를 출발하여 이십여 분이 지날 무렵이었다. 서상록은 참았던 울음을 삼키며 말끝을 맺지 못했다.

하성미는 다소곳한 몸가짐을 하고 차창 밖으로 시선을 모으고 있었다. 오월의 청결한 색채와 하성미의 청순한 분위기가 맑고 향기로운 산사의 차 내음처럼 그윽하게 다가왔다. 하성미는 꼭 다문 입술을 열지 않았다. 잠시 후 왼손과 오른손을 맞잡은 채 상념에 잠겼던 얼굴을 살며시 풀었다. 하성미는 소곤거리듯 말했다. 그러나 가만가만 말하는 마디마디에 굳은 결심은 침착하고 또박또박 했다.

창밖으로 펼쳐지는 초록의 들녘 풍경은 눈이 부시게 파란 물결이었다. 보리가 익어 가는 향내를 맡으며 군데군데 논에서는 모내기가 한창이었다. 산마루를 넘어온 제비가 못자리에서 놀고 있던 노랑나비를 덥석 물고 멀리 초가집 쪽으로 빠르게 날아갔다. 초록 산야 위를 자유롭게 지나던 두 조각 흰 구름이 오월의 하늘에 피어올랐다가 한 몸이 되어 남으로 흘러갔다.

포장이 안 된 광주로 가는 길 위의 완행버스는 속도가 높지 않았는데도 차체가 덜컹거렸다. 버스가 앞으로 가면 먼지는 풀썩거리며 뒤로 날아갔다. 먼지를 뒤집어쓴 길가의 잡초가 다시 만나기를 바란다면서 손을 흔들었다.

벌교 공용버스터미널에서 기다림과 그리움은 각기 다른 좌석이었지만 오늘 광주로 가는 길은 지난해 오색 산장과 설악산장의 만남 이후 처음으로 같이 하는 자리이자 좌석이었다. 벌교 공용버스터미널에서 대서로 들어가는 군내 버스가 그리움을 두 개로 나누어 싣고 갔었다면, 오늘 광주로 가는 완행버스는 그리움을 하나로 모아서 싣고 가는 기다림의 완행버스였다.

완행버스는 두 개이지만 하나로 합해진 그리움의 마음을 또 언제 태우고 갈지도 모르면서 광주로 광주로 달려갔다. 중천을 한참 지난해는 조금씩 붉은색을 띠기 시작하고 있었다.

하성미는 고개를 돌려 서상록의 눈을 마주 보았다. 하성미의 고요한 눈망울에 눈물이 고여 있었다.

"서상록 선생님! 저희들 약속했잖아요. 방향은 다른 곳에서 흘러 왔지만 두 물이 만나는 강변의 압록에서. 강가의 백사장과 아카시아 향기가 배인 철로를 바라보면서. 서상록 선생님! 저는 다짐하고 결심했어요. 선생님의 길과 저의 길은 달랐지만 이제 하나로 만나 하나의 길로 가고자 나섰어요. 하나로 만난 강물이 역류해서 다시 갈라지지 않잖아요. 서상록 선생님! 압록에서의 약속과 반하는 말씀은 저를 너무 힘들게 하고 저를 너무나 괴롭게 하는 말씀이에요."

연잎에 떨어진 물방울이 조르륵 굴러 떨어지듯 하성미의 또렷한 눈망울에 고여 있던 눈물이 뽀얀 볼을 타고 흘러내렸다.

하성미의 촉촉이 젖은 눈빛은 제발 그런 말만은 하지 말아 달라는 애원과 사정으로 가득 차 있었다. 그건 간절한 그리움을 남겨두고 떠나라는 가혹한 채찍질이며, 아무도 모르게 숨겨왔던 기다림을 버리고 가라는 냉혹한 뿌리침이라는 하소연처럼 보였다. 하성미의 눈물에 젖은 형형한 눈빛은 천년 시간을 벽사진경의 수호신으로 묵묵히 마을을 지켜온 돌장승처럼 신성화 되어서 전혀 손댈 수 없는 절대적인 힘으로 다가왔다.

두 볼에 흐르는 눈물이 그치지 않았다. 하성미는 완강하면서 굳건했다. 하성미는 이미 어떤 예감을 하는 듯이 보였다. 자신이 혼란한 시대를 이끌어 가는 외로운 선각자는 될 수 없다 할지라도 깨달은 사람과 같이 가는 길만은 절대 버릴 수 없다는 마음의 각오가 단단한 바윗덩어리로 변해 있었다. 하나로 만난 강물이 역류하지 않는다는 결심에는 하늘을 향해서 제례 의식을 수행하는 제사장과 같은 숭고함과 장중함이 묻어 나왔다.

하성미의 어깨는 가늘게 물결을 이루었다. 하얀 볼을 타고 내린 눈물은 청바지의 무릎을 적셨다. 서상록은 하성미의 눈물로 얼룩진 무릎에 빨간 장미 손수건을 살며시 올려놓았다. 비포장도로를 달리는 완행버스가 덜컹거릴 때마다 하성미의 어깨에 서상록의 부드러운 듯하면서도 탄탄한 살결이 와 닿았다.

부드러움은 서상록의 인간미였고 탄탄함은 서상록의 정신미였다. 부드러움 때문에 그리움이 쌓여갔고 탄탄함 때문에 기다림이 길어졌다. 부드러움은 하성미의 인식의 세계를 넓혔고 탄탄함은 하성미의 삶에 대한 의미를 발견하게 해 주었다.

서상록과 광주에서 끝까지 함께 하겠다는 의사를 낮으면서 분명한 어조로 전달한 하성미는 오히려 처음보다 안정되어 보였다. 하성미의 심리 기저에 깔려 있던 불안과 걱정에 대한 단 하나 남은 조각마저 깨끗이 털어냈다는 홀가분함이 느껴졌다.

하성미는 이번 광주로 가는 길이 단순히 하루 이틀 정도의 시간으로 극도로 악화 되어 있는 현지의 혼란스러운 상태가 정리될 수 없다는 사실을 냉정하게 판단하고 있었다. 현재 전개되고 있는 광주의 상황으로 보아서 누군가의 상처와 누군가의 희생이 필연적으로 뒤따를 것이라는 사실도 알았다.

그것은 성취감보다 절망감에 빠질 수도 있었고, 만족감보다 상실감에서 허우적거릴 수도 있었다. 더군다나 흉악무도하게 국가 권력을 찬탈하려는 세력들의 지금까지 행동 방식으로 보아서 광주의 사건은 짧은 시간 내에 해결할 수 없다는 사실 역시 부정하기 힘들었다.

그러나 홀로 남아 기다리는 그리움은 고통일 뿐이었다. 혼자서 기다리는 그리움은 괴로움일 터였다. 외따로 떨어져서 기다리는 그리움은 지쳐서 쓰러지는 아픔이었다. 기다림과 그리움은 하나여야 했다. 그리움과 기다림은 같이 가야만 하는 숙명이기도 했다.

압록에서 보고 듣고 느낀 서상록의 결심은 하성미에게 잔잔한 감동이면서 커다란 울림이었다. 부조리한 현실을 바라보고 있는 자세와 태도에서 사람이 해야 할 일이 무엇인가를 알았다. 국가의 공적 질서 체계를 무너뜨리고 부당하게 행사하는 파렴치한 사람들에게 맞서 싸우려는 기개에서 사람은 어떤 이름을 가지고 살아야 하는가를 알았다. 오류투성이인 사람이나 집단은 반드시 당대의 시대에서 응징해야 한다는 결기에서 사람은 어떻게 살아야 하는가를 알았다.

깜깜한 하늘에 별빛처럼 선명했다. 어두운 밤에 달빛처럼 번뜩였다. 금수만도 못한 놈과 사람다운 삶이라는 상반된 용어 속에 담긴 의미를 쉽게 구분해 주었다.

하성미의 예견은 광주를 출발하기 전날 밤까지 계속해서 이어졌다. 서상록과 함께 하기로 한 이번 노정은 어렵고 험난한 길이 될 것임은 자명했다. 고난과 시련이 중첩될 것이라는 사실도 분명했다. 어쩌면 자신이 예상한 실제보다 훨씬 악화된 결과에 이를지도 몰랐다.

그러나 두렵거나 무섭지 않았다. 자신이 살아온 시간이 비교적 긴 시간은 아니었지만, 그 시간 안에는 자기 나름의 삶의 지표나 목표가 응축되어 있었다. 삶의 방향성과 지향점도 응결되어 있었다.

교활하면서 사악한 위선으로 포장하여 살아가는 사람도 보았다. 비열하고 간악한 가면을 쓰고 선지자인 양 처세하는 사람도 있었으며, 이성이나 감성이 아닌 교만과 탐욕으로 가득 찬 사람도 경험했다.

그런데 그 사람들은 멀리 있는 게 아니고 내 주위에 있었다. 어제는 선이라고 했다가 오늘은 악이라고 했다. 어제는 격찬하다가 오늘은 폄하했다. 어제는 아름답다고 했다가 오늘은 추하다고 했다. 어제는 긍정이라고 했다가 오늘은 부정이라고 했다.

특히 평화롭고 부강한 새로운 국가를 건설하겠다. 국민의 자유와 권리 그리고 국민의 공공복리 증진에 힘쓰겠다. 뛰어난 거짓말이나 교묘한 논리를 갖춘 반란 세력은 국정 방향의 대의명분을 가공하여 내세웠다. 반란 세력은 국민은 무지몽매하고 영원히 노예로 부릴 수 있다고 믿었다. 애초부터 상전과 하인 관계로 설정했다. 질긴 끈으로 묶어서 도망가지 못하게 단단히 옭아맸다. 반란 세력은 오로지 무력으로 정권을 찬탈하려고 안하무인이었고, 찬탈한 정치권력을 유지하기 위하여 수단과 방법이 거짓 통치술일 것임이 명확할 것이었다. 그 때문에 반란 세력은 일방적인 독선과 독단에 빠져서 그들이 내 새운 명분은 사상누각이 되기 쉬워 보였다.

그러다가 어느 순간 반란 세력은 전리품을 수습하듯 나의 부귀와 영달을 누리기 바쁠 것이었고, 내 가족의 안녕과 가업의 번창에 힘쓸 것이었다. 하성미가 목격하고 경험한 사람이 사는 세상은 변화무쌍했다.

작위적인 발상이 뚜렷했다. 의도성을 가진 날조나 조작은 다반사였다. 계획적으로 꾸민 음모나 흉계는 예사였다. 인간성을 말살시키는 횡포와 폭거는 비일비재했다.

'언제, 어디서, 누가, 무엇을, 왜, 어떻게'의 육하원칙이 기사 작성법이라면 사람 사는 세상 역시 육하원칙의 궤도 속에서 한시도 쉬지 않고 변화무쌍했다. 인간의 의지나 개입 없이 스스로 존재하고 변화하는 자연과는 달랐다. 사람의 생각, 감정, 상황, 환경 등의 변화는 형체도 냄새도 볼 수도 없는 사람의 욕망만큼 예측하기가 어려웠다.

변화란 사물의 성질, 모양, 상태 따위가 바뀌어 달라지는 것이라고 했다. 변화란 전체에서 부분으로, 부분에서 전체로, 그리고 과거의 질서에서 벗어나 현재의 질서로, 더 나아가 미래의 질서로 변화 내지 전환한다는 의미도 포함하고 있다.

변화는 여러 가지 복합적인 요소가 한데 어울려 통일성이나 다양성을 갖게 하는 요체일 것이다. 그러나 사회적, 정치적, 경제적 변화에서 제일 먼저, 가장 신속하게 반응하는 부류는 지배 계급이나 사회 지도층이 다수를 차지하고 있었다. 물론 이들 부류에 빌붙어 촉수를 분주히 움직이면서 열등감에 시달리는 하류 인생들도 빼놓을 수가 없었다.

더하여 지배욕이 강한 사이비 지식인이나 특정 직군은 당면 현안에 대해서 치열한 토론 없이 자의적으로 해석하고 주관적으로 재단했다. 그들은 기존에 자신들이 이미 차지한 권리를 더욱 움켜쥐려 했다. 그들은 이를 억제하려고 하거나 차단하려고 시도

174

하면서 변화를 거부하고 자신들이 현재 소유하고 있는 영리의 범위를 철저히 지키려고 타인을 배제했다. 그들은 적자생존의 법칙의 승리자가 되려고 안간힘을 다했다. 그들은 자신들의 직군이 누리고 있는 권리의 영역을 지키고 보호하기 위하여 가혹하고 격렬하게 싸움을 마다하지 않았다.

사이비 지식인이나 특정 직군의 해석과 재단에서 발생한 권능은 한 개인과 또는 한 직군의 방향을 결정하는 중요한 요소로 작용하기도 했다. 한 개인의 삶에 영향을 주는 것은 생물학적 여러 요인이 복합적으로 작용할 터였다. 그런 한편으로 한 개인이 소속된 직군이 주는 영향력도 가공할만한 위력을 보였다.

한 개인은 변화 속에서 그 개인이 가지고 있던 욕구를 충족하기 위해서 특정 직군을 선택했다. 개인은 그 직군 속에서 기생하다가 어느 특정한 시기가 되면 개인의 욕구를 실현시키는 계기로 삼았다. 이러한 조건이 충족되어 성공하면 개인은 타인을 희생의 제물로 삼아서 승리의 제단 위에 올렸다.

탐욕적 개인이나 그 개인을 포함한 직군은 타자의 어떠한 인격이나 가치도 중시하지 않으려고 했다. 동물 세계의 승냥이 무리보다 더 잔인하게 할퀴고 물어뜯고 발라 먹었다. 그들 직군은 인간성 회복, 원칙, 공정, 자유, 평등, 법질서 등 온갖 구호를 앞세웠다.

그러나 그건 허구였고 개인과 직군의 탐욕 실현을 위한 위장

적인 전술, 전략의 헛소리에 불과했다. 그들은 철저한 이기주의
적 개인과 집단 야욕을 드러내기 위해서 타자의 생명줄까지 노리
는 흉악한 괴수들처럼 보였다.

욕망의 개인과 그 개인이 속한 직군은 현재뿐만 아니라 미래
의 권력으로 자리 잡기 위해서 부단히 꿈틀거렸다.

완행버스는 덜컹거리면서 느리지만 부지런히 광주로 달려갔다.

"오매, 요놈의 질이나 조깐 아시팔턴가 머신가로 싹 깔아뿔먼
얼매나 좋으까 잉. 글먼 아새끼덜 뜀박질 허대끼 빠쓰가 쌩쌩 달
릴 거인디 말여. 그라믄 요런 늙은이덜 헌티도 좋제. 아그 밴 색
씨덜 헌티도 좋제. 또, 또, 어찌든 누구 헌티나 다 좋은 일인디
말이여. 그란디 육시럴 광주럴 통째로 샘킬라고 지랄발광허넌 군
인넘덜언 헐 짓거리넌 안 허고 사람 못 헐 짓만 허고 자빠졌시니.
아조 못 되야 배워 쳐 먹언 짓거리만 골라감서 안 헌다고?"

"할멈, 질 딲는 야그 허다가 무신 군인넘덜 야그를 허고 근당
가? 고런 넘덜언 애초부텀 배때지 땃땃허게 태이나갔고 웃덜 같
언 사람덜 맴언 아예 모리넌 거이 당연지사인께로 그냥 냅둬 버
려. 고넘덜 물러가먼 요 시상이 편허게 있실거 같은가벼. 아, 할
멈도 시상 많이 살아봐서 알잖여. 요 군인넘덜 물러가먼 시꺼먼
연탄맨치로 흑심얼 품언 불량헌 넘덜이 요 시상 쳐 먹겄다고 달
게들 것언 포리 새끼 똥 빠는 이치허고 같덜 않겄다고?. 알아 묵

176

겄어?"

완행버스 기사의 뒷좌석에 앉아 있던 노부부의 퉁명스러운 말투가 운전기사의 귀에 꽂혔다.

노부부는 입성이 허름해 보였고 깊은 주름살이 가득했다.

"어러신덜, 시방 요만허기가 다행인 줄이나 알고 기시요. 들려오는 소문에 의하면 저 군인덜 대가리에 해당허넌 넘이 큰 일 낼라고 작정얼 허고 있다고 그요. 글고 오널 밤부텀언 씨부랄넘덜이 전국으로 계엄령얼 확대헌다넌 소문이 들린다고 다런 기사덜이 급다. 그것언 뭐 허자넌 짓거리이것소. 여차허먼 총얼 팡팡 쏘겄다 이런 뜻 아나라요. 니기미 개좆대가리만도 못헐 넘덜 같으니라고. 고런 넘덜언 목얼 싹 쳐서 본얼 봬 주어야 허넌디 어찌케 혀 갖고 더 잘 먹고 잘 사니 알 수가 없단 말이요 잉. 어러신덜 안 그요?"

운전기사는 오래된 색안경을 착용하고 있었다. 그는 부아가 치밀어 오르는지 운전대에서 한 손을 떼더니 부르르 떨며 자기 목을 치는 시늉을 했다.

"이잉, 기사 양반이 야그넌 아구가 착착 맞게시리 잘 혀뿌렀소. 나가 창피허지만서도 경술년 생인께로 올해 일흔 하나요. 일본 넘덜 시절이야 글타치고, 해방이 된께로 꼴 같잖언 넘덜이 도로 일본 넘덜 시절얼 맹글어 갑다. 그라고 전쟁이 나고 말았지라. 위매, 전쟁언 전쟁이고 전쟁이 끝나께로 또 일본 넘덜 시상에서 한 자리썩 허던 넘덜이나 고넘덜 똥구녕 딱어주던 넘들이 에헴 허고 거드름 피움시로 자리 나눠 먹고, 배 뚜드리고 허드란 말이요. 아이고매, 아이고매, 고만 말헐라요. 그 후로 일어났던 일덜얼 생각킬라면 가심이 벌떡거리고 구역질이 나고 그요. 시상 이 변혀봐야 고넘덜 줄기가 쪽허니 이어져 갖고 니냐내냐, 짜웅 짜웅 허넌거이…… 아이고매 입만 아프요. 진짜로 고만 헐라요.”

할아버지는 더 이상 말하기도 귀찮다는 듯 괴춤에서 담배를 꺼내 입에 물었다.

슬픈 눈물을 떨어뜨리면서 흐느끼던 하성미는 차츰 안정을 되 찾아 가고 있었다. 하성미의 무릎에 올려져 있던 장미 손수건은 촉촉하게 적셔져 있던 하성미의 마음까지 닦아서 서상록에게 건 네졌다. 장미 손수건은 눈가에 맺힌 눈물을 찍어내고 파문이 일 었던 마음의 감정을 추스른 양만큼 애정이 듬뿍 담겨서 서상록의 마음을 푸근하게 만들었다.

서상록이 올려놓은 장미 손수건은 하성미에게 그리웠던 사람 과 함께 한다는 기쁨을 주었다. 그리웠던 사람과 같이 있다는 안 정감을 맛보게 했다. 그리고 함께 하는 그리운 사람과 붉게 물들 어 있을지도 모르는 광주로 간다는 사실을 새롭게 인식시켜 주는 손수건이었다.

서상록은 장미 손수건을 호주머니에 넣지 않고 가슴에 품었 다. 가슴에 닿는 감촉이 부드러웠다. 푸른 들녘의 푸른 색감이 주

178

는 청초한 아름다움이 하성미의 등을 다독거려 주었다. 하성미의 푸른 미감은 서상록의 가슴 속 장미 손수건에 곱게 다가왔다.

가로수의 푸른 잎에 햇살이 닿았다가 하성미의 머리칼을 쓰다듬으면서 지나갔다. 유달산에서 푸른 다도해를 바라보며 '물망초 꿈꾸는……'의 애련한 하성미의 가창이 어렴풋하게 들려오는 듯했다.

서상록은 아카시아 향기가 풍겨 오는 압록 백사장의 기억을 더듬었다. 하성미가 광주로 함께 가겠다는 동행 의사를 밝혔을 때, 두 물이 만나서 말없이 흘러가는 강물을 하염없이 바라보았다. '만나면 헤어지고 헤어지면 만난다.' 라는 선사의 말씀이 유달리 서글프게 해석되던 시간이었다. 만나면 헤어져야 한다는 삶의 이법이 현실이라면, 나는 현실 속의 존재로서 깨달은 선사만큼 삶을 감내할 수 있는 넓은 도량이 있을까?

하성미가 오늘을 기다리며 얼마나 많은 시간을 애태우며 마음을 졸였는지 그 깊이는 몰랐다. 오늘을 함께 하기 위해서 얼마나 많은 사랑의 마음을 가슴에 쌓았는지 그 높이는 몰랐다. 오늘 광주로 가는 길을 생각하며 얼마나 많은 성찰과 인고의 시간을 가졌는지 그 넓이는 몰랐다. 그러나 하성미의 깊고 높고 넓은 마음은 슬픈 눈물과 장미 손수건에서 풍겨 오는 냄새로 심리적 상태가 감지되었다.

하성미는 내일 대서로 돌아갔으면 좋겠다는 서상록의 완곡한 표현을 서상록이 다시는 대서로 돌아올 수 없을지도 모른다는 예감으로 받아들였는지도 몰랐다. 하성미가 혼자서 대서로 돌아가지 않겠다는 완강한 거부는 대서에서 혼자 기다리지 않겠다는 군건한 의지인 듯했다. 하성미가 글썽거리던 눈물을 참지 못하고 이내 주르륵 떨어뜨린 방울 눈물은 오색 산장과 설악산장과 벌교 공용버스터미널과 유달산과 압록이 일시에 교차하면서 닳아져서 졸아든 사랑의 씨앗이었으리라.

하성미는 헤어짐은 이별을 예비하고 있다고 생각했고, 이별은 일시적인 것이 아니라 계절만 바뀔 뿐 계절 안에 그리운 사람이 존재하지 않을 수도 있다는 예감을 감지하고 있는 듯했다.

하성미의 눈물은 애간장 타는 속울음이 쏟아져 나온 것이었고, 노심초사하다가 터져 나온 피눈물인지도 몰랐다.

완행버스가 광주로 가까이 다가갈수록 군인들의 투박한 군화발에 짓밟혀 신음하면서 독재 타도를 외치는 소리가 들려오는 듯했다. 도끼날처럼 서슬 푸른 핏발 선 군인들의 눈길과 시민들의 민주화에 대한 열망을 잔악하게 총칼로 억누르는 꼭두각시 군인들의 모습도 어른거리는 듯했다.

"하성미 선생님! 선생님께서 저와 함께 가는 이 길은 생각보다 훨씬 험난한 길일 수도 있습니다. 제가 두려워하거나 무서운 마음이 들어서 드리는 말씀이 아닙니다. 제가 걱정하는 것은 저나 선생님께서 각오한 이상의 결과가 나타날지도 모르는 가변적인 상황이 전개될 수 있다는 안타까움 때문에 드리는 말씀입니다."

서상록의 울먹이는 목소리가 차창 밖 오월의 푸름 속으로 스며들었다.

"서상록 선생님! 저는 오로지 단 하나 혼자 있고 싶지 않다는 마음뿐이에요. 저에게 다가오는 모든 시련과 난관은 선생님과 같이 오월의 이 길을 따라서 한 곳을 향해서 가는 것처럼 선생님과 함께 하는 시간이면 그로써 족해요. 그 어떤 가시밭길일지라도 선생님과 함께 있고, 선생님과 같이 이 길을 가는 것, 그것만이 저에게는 기쁨이고 행복이에요."

하성미는 망설이거나 머뭇거리지 않고 또렷하게 의향을 드러냈다. 처음과 달리 안정감을 되찾아 보였다.

"하성미 선생님! 저는 기우이기를 바라지만 광주로 가는 길을 결정하고 나서 불필요한 잡념에 시달렸습니다. 인지상정이라고 할까요? 폭력이 난무하는 현장에 간다는 헛된 망상이 저를 엄습해 왔던 것이 사실이었으니까요. 저 역시 세상에서 가장 소중한 사람과 헤어지고 싶지 않은 절절한 바람이었습니다. 그래서 신께 간절하게 기도하며 소망을 간구했지요. 제가 선생님께 내일 대서로 가셨으면 좋겠다는 저의 마음의 뿌리에는 정말로 대서로 가실지도 모른다는 불안감이 작용하여 선생님께서 같이 계셔 주셨으면 좋겠다는 애절한 호소였을 것입니다."

서상록의 눈시울이 젖었다. 푸른 오월만큼 푸른 산야였다.

"선생님께서도 감지하고 계시겠지만 이미 고착화 되어 버린 사고의 틀에 갇혀 있는 반란 세력들은 어떤 희생을 요구할지 가늠하기 힘듭니다. 반란 세력들은 시민이 쓰러지는 희생의 다과에 상관하지 않으려 할 겁니다. 그들이 원했던 만큼 정권 찬탈이 완성되어 가는 시점에 돌출된 망동을 자행하는 광주 시민은 눈엣가시 정도가 아니라, 그들이 다 이루어 놓았다고 생각하는 성과물을 망가뜨리는 아주 질 나쁜 훼방꾼으로 여기겠지요. 따라서 그들은 광주라는 땅을 자신들의 소유로 만들어 버리면 된다는 강박증에 사로잡혀서 저희들이 생각한 것보다 훨씬 끔찍하고 참혹한 살육을 저지름으로써 반란 세력에게 내재 되어 있을지도 모르는 정신 이상 증을 그들은 치료의 수단으로 삼을지도 모르겠다는 공포감이 엄습하고 있습니다."

서상록은 희미하게 일그러지는 안면을 쓸어내리며 푸른 창밖을 응시했다.

"선생님! 저는 우리가 살아가고 있는 세상에서 일어났던 다양한 사건에 대해서 많은 부분을 역사 교과서에 의존하여 알아 왔지요. 다양한 역사적 사건에는 사건 당시의 역사적 인물이 존재하고 있었고요. 저는 나름대로 역사적 사건이 발전하는 과정 속에서 역사적 인물이 가졌던 욕구를 피상적으로 유추해 보곤 했어요. 시대나 배경 등이 모두 다른 역사적 사건마다 여러 가지 복합적 요인들이 기능한다는 것은 너무도 당연하겠고요. 저는 역사적 사건 당시의 상황을 바탕으로 인간이 가지는 끝없는 욕망을 추론해 볼 때면 이해하기 힘들고 석연치 않은 마음이 들 때가 종종 있었어요. 물론 제가 살아가는 삶의 과정 중 인간의 행태를 직접 경험하면서 그릇되고 일탈된 욕망을 채우려는 작태도 일정 부분 습득한 측면도 있고요."

하성미는 지나간 시간을 회상하면서 사려 깊던 원래의 모습으로 차츰 돌아가고 있었다.

"저희 세대의 역사 교과서는 승리한 자를 중심으로 기술하는 방식이 아니었나 해요. 그러다 보니 역사 속의 중심인물인 승리자 한 사람만을 기억하게 되고, 그 승리자의 역사가 역사의 전부인 양 사고하는 경향을 띠게 되는 것 같고요. 그러한 흐름 때문이었을까요? 저희들은 승리자의 역사만이 역사인 것처럼 인식하고 있고 그러한 주입식 사고의 틀에 갇혀서 승리자의 역사만을 기억하는 데 익숙해져 있지 않았나 반성해 보게 돼요. 역사적 사건에서 역사적 인물이 승리하기 위하여 무작정 휩쓸고 지나간 사람들의 황폐해진 삶의 터전은 어떠했을지 상상하기 힘들 때가 많아요."

하성미의 얼굴이 이제는 조금씩 상기되어 대서로 돌아가라는 말은 하지 말아 달라는 애원이 어렸던 얼굴이 아니었다.

"더욱이 승리자는 승리만이 지고지선의 덕목이었을 테니 처참하게 무너졌을 인간 세계의 질서와 가치와 규범 등은 비교적 소홀하게 다루어지는 역사 교과서를 보면서 회의감이 들 때가 많았던 게 사실이기도 하고요. 승리자는 영웅적 인물로 기술되지만, 그 영웅을 영웅으로 만든 조력자들은 한두 줄로 기술하는 게 고작이고요. 또한, 그 영웅이 영웅화되기 위해서 얼마나 많은 이름 없는 사람들이 희생했을지 헤아리기 힘들 텐데 역사적 사료는 제시되지 않는 게 일반적 기술 방식이기도 하고요. 시대를 건너 뛴 비약이 되겠지만 그럼 지금 광주의 시민들과 반란 세력은 어떻게 규정되어야 하며, 이러한 역사적 사실을 후대의 역사 교과서는 어떻게 기술할까요?"

완행버스 창문 밖의 푸른 색감이 물들어 보이는 하성미의 얼굴은 자신감이 넘쳐 보였다.

"선생님의 말씀에 동의합니다. 선생님께서 시대를 건너뛰어서 말씀하셨는데, 저는 시대를 뒤로 해 보고자 합니다. 이순신은 '약무호남 시무국가. 즉, 호남이 없으면 나라도 없다.'라고 하여 전략적인 시각에서 호남을 지키지 못하면 일본군을 막아내기 어렵다는 점을 역설했습니다. 이순신은 해상을 완전히 장악하여 봉쇄함으로써 명나라로 진출하려는 일본 수군에게 일말의 틈도 주지 않았습니다. 국제적 역학 관계로 보아서 일본군은 참패하고 철수한 것은 당연지사였다. 라고 생각합니다. 그런데 정유년에 일본 군인들은 임진년의 패배를 설욕하고자 분기탱천해서 이 땅을 다시 침범했습니다. 일본 군인들은 재침 당시부터 호남지역과 호남인을 대상으로 전쟁을 개시했다고 보아도 무리는 아닐 듯합니다. 일본 군인들은 이순신과 호남인들 때문에 임진년에 패전했다는 열패 의식에 사로잡혀 있었으니까요. 정유년의 전쟁 또한 호남인들에 의해서 격퇴되어 전쟁은 끝났다고 생각합니다. 제가 드리려고 하는 말씀은 정유년 전쟁 당시 일본 군인들은 호남을 포위하여 '살아 움직이는 모든 것은 죽여라.'라는 포고를 전 군사들에게 내렸다고 합니다. 참으로 잔인한 동물이 인간이 아닐까 합니다. 선생님과 똑같은 논리로 말씀드린다면 현재 야만적 방식으로 정치권력을 손아귀에 넣었다고 자만하는 반란 세력들은 어떠할까요?"

서상록은 인간의 잔악성에 치를 떨며 잠시 눈을 감았다.

"말씀을 드리는 중에 우리가 가고 있는 이 길. 광주로 가는 이 길 위에서 발광에 가까운 포악한 경거망동을 저지르는 반란 세력을 상기하고자 이야기의 방향을 잠시 바꾸었습니다."

서상록은 감았던 눈을 갑자기 부릅떴다. 광주에서 이성을 잃고 난폭하게 자행되고 있을 살상이 실제 장면으로 보이는지 다시 정유년 일본군의 만행을 연상했다.

"그때 죽어간 전쟁 희생자들은 기록되어 있는 희생자도 가공할만한 일이지만 기록되지 않은 채 죽었거나 다친 사람은 또 얼마나 될까요? 전쟁이라는 게 애초부터 사람과 사람의 싸움이기 때문에 사람의 죽음을 전제로 하고 있잖아요? 사람이 사람을 죽이고 죽여야 하는 자체가 천인공노할 만행인데도 인간은 무감하게 일상적인 행위로 여기지는 않는지 의심스럽기만 합니다. 인간이라는 동물이 가지고 있는 사고의 세계가 해석이 불가할 정도로 난해하기만 하지요. 신께서 인간에게 내리신 형벌일까요? 아니면 신께서 내리신 말씀을 거스르는 인간의 야욕일까요? 전쟁을 일으킨 탐욕자들은 사람의 목숨은 목숨이 아니라 영토를 차지하기 위해서는 당연히 목을 베어 없애야 하는 거추장스러운 장식물 정도로 여기는 게 분명할 것입니다."

서상록은 가슴 저 밑바닥까지 가라앉은 분노의 찌꺼기까지 끌어올려 탄식의 한숨을 내쉬었다.

"제가 선생님께 정유년에 일본군이 '살아 움직이는 모든 것은 죽여라'고 했던 일본 수괴의 지시를 말씀드렸던 까닭은 그와 동일한 지령이 광주에도 적용될 수 있다는 두려움이 저의 의식 세계를 압도하고 있기 때문이었습니다. 정유년의 끔찍한 전쟁은 이민족이었는데, 광주의 사건은 전쟁 아닌 전쟁 같은 참상으로써 동족이기에 더욱 잔혹하고 비참한 고통으로 다가오고 있지요."

"선생님의 말씀에 공감해요. 그리고 너무나 당연한 말씀이고요. 그런데 현재를 살아가는 사람 중 일부는 역사 기록의 행간에 빠져 있는 기록되지 않은 역사와 기록된 역사를 인식하는데 차이가 있더군요. 기록되지 않은 역사를 알면서도 기록된 역사만을 가지고 분별하려는 자기중심성 때문일까요? 광주의 사건은 기록되어 있지 않은 근현대사의 흐름 속에 이미 싹트고 있었는지도 모를 일이예요. 그리고 광주의 사건은 또 다른 욕망의 세력에 의해서 유사하거나 다른 형태로 윤색되거나 각색되어 사람 사는 세상을 피폐화시킬지도 모르고요. 사특한 뜻을 가진 욕망의 세력은 현재 진행형으로 존재하여왔고 존재할 테니까요."

하성미는 약간 동요하고 있는 서상록에게 안정감을 주고 심리적 거리감을 좁히기 위해서 다정하게 말끝을 맺었다.

"지금 광주 지역을 안정화시키겠다는 군인들 의식의 밑바탕에는 시민의 생명은 안중에 없는지도 모릅니다. 그들은 자신들이 목표로 한 욕망의 덩어리가 이미 수중에 들어와 있는데, 광주 시민을 손에 들어 있는 욕망의 덩어리를 가로채려는 불순한 의도를 가진 자들로 간주해 버릴 테지요. 그래서 광주 시민을 희생양으로 삼으려고 할 것은 지금까지 그들이 저질러 왔던 일련의 사건을 같은 맥락으로 파악해 보면 미루어 짐작할 수 있을 듯합니다."

서상록은 흥분되어서 자칫 실수할지도 모른다는 우려감에서 말을 끊었다.

"하성미 선생님! 저는 세상의 그 어떤 아름답고 거룩한 사상이나 가치라 할지라도 인간을 대상으로 자행되는 폭력이란 있어서는 안 된다는 게 저의 확고한 믿음입니다. 인간의 역사는 야만의 역사였고 광기의 역사라 해도 무리는 아닐 듯하기 때문에 지고지순한 철학적 이유를 덧붙여 인간의 생명을 경시하거나 앗아가면서 개인 또는 집단의 욕망을 충족시키려는 폭력을 단호하게 거부합니다. 반란 세력에게 이러한 정신적 착란 상태가 기저에 깔려 있고, 반란 세력의 판단 착오로 말미암은 광주의 폭력은 더 이상 더러운 욕망의 찬탈자들에게 허용하게 해서는 안 된다는 점도 분명하고요. 욕망의 찬탈 세력이 그들의 욕구를 충족시키는 가장 손쉬운 방법으로써 광주 시민의 희생을 요구하고 있는 그 어떤 명분도 단호히 배격합니다."

서상록은 낮고 차분한 어조로 말을 마치고 하성미가 바라보는 창밖으로 스쳐 지나가는 푸른 오월의 가로수들을 바라보았다.

걱정과 현실은 엄연히 다를 터였다. 서상록은 이번 광주 시민이 흉악무도한 반란 세력에게 항거하는 역사적 사건은 결국 많은 희생이 불가피하다는 절망감에 싸늘한 전율감이 돌았다. 반란 세력이 가지고 있는 욕망의 규모는 계량할 수 없는 정도의 무게일 터이기에 몸서리가 쳐졌고 울분이 치밀어 올랐다. 정권 찬탈을 목적으로 하는 반란 세력의 욕망 실현 방식은 타인을 고려하는 방법으로 이루려는 게 아님은 분명했다. 반란 세력은 시민의 안녕과 광주의 질서를 무슨 금과옥조의 신조처럼 계엄령을 선포하듯 쉽게 쉽게 떠들어댔다. 하지만 안녕과 질서는 뒷전일 테고 그들만의 방식으로 무자비하게 독주하려 할 것임이 명백하기에 상상 이상의 잔악한 살상이 뒤따를 수 있다는 압박감으로 답답하고 막막하기만 했다.

서상록은 타인을 배제한다는 것만큼 무서운 흉기는 없다는 게 평소의 생각이었다. 타인을 배제한다는 것은 자기만이 절대적이라는 착각에 사로잡히게 함으로써 자기 통제 능력을 상실할지도 모르는 극단적인 불화 상태가 될 수 있다는 우려 때문이었다. 그러한 극단적인 불협화는 자신이 최고이며 월등한 존재라는 자기 과신을 바탕으로 인간관계를 수직적으로 설정해 버리는 오류에 빠지기 쉽다는 점을 간과할 수 없었다. 나의 위에는 사람이 없고 나의 아래에만 사람이 있다는 무서운 유일사상으로 변질된 그들은 사람 위에서 군림하는 포악한 자로 변해 간다는 무서운 사실이 공포감으로 다가왔다.

서상록은 현실적으로 광주 사건은 사면초가의 위기에 처하여 고립무원의 상황으로 전개될 가능성에 대해서 우려와 걱정이 엄습했다. 광주 시민의 항쟁이 의미 있는 결과를 가져오기 위해서는 반란 세력과 같은 동등한 양의 무기와 탄약이 필요했다. 그러면 그것은 내전 양상으로 전개될 수 있기 때문에 불요불급했다. 역사 속의 광주 시민은 반인륜적 사건에 항거할 때마다 현명했다. 광주 시민은 쩌렁쩌렁 울리며 광주 시내 전역으로 울려 퍼져 나갈 항쟁의 외침으로 무기를 대신했다. 광주 시민의 외침은 메아리가 되어서 다음 세대로 다음 시대로 어떻게 전달될지 아무도 몰랐다. 그러지 않기를 바라면서도 어쩌면 광주는 많은 시민의 희생자만 남긴 채 후세의 역사서에 가슴 터지는 슬픔으로 기록될지도 모를 두려움에 떨어야 했다. 이름 없는 시민이 무수히 죽어 간 피로 물든 날이었다고.

푸른 오월의 국토를 달리는 완행버스는 붉게 내려앉고 있는 석양을 등에 업고 광주에 가깝게 다가가고 있었다.

거기 그 자리

하성미와 서상록이 고흥 대서를 각자 다른 시간에 출발하여 벌교에서 합류한 후 광주에 도착한 지 벌써 열흘째가 되어 가고 있었다. 하성미와 서상록이 예견했던 일들은 예견으로 머물지 않고 꼭 들어맞는 양상으로 전개되어 갔다. 하성미와 서상록이 불길하게 생각했던 예감은 예감으로 그치지 않고 현실화가 되어갔다.

매일매일 시간과 관계없이 눈앞에서 고통스런 신음을 입에 물고 몸부림치는 시민을 보아야 했다. 밭머리에 세워둔 수숫단이 넘어지듯 힘없이 쓰러지는 시민의 죽음을 수시로 목격해야만 했다. 신음과 죽음은 따로따로 발생하는 경우일 때도 있었지만 동시에 일어나는 경우가 대부분이었다. 바리케이드는 신음과 죽음을 가름하는 기능을 다 할 수 있는 정도로 견고한 것이 아니어서 허술한 대로 제 역할을 할 수밖에 없었다.

총알을 맞고 부상당한 시민의 처절한 절규 소리는 사방으로 퍼져 나갔다. 하지만 계엄군의 총소리와 바리케이드 주변의 소음으로 멀리 날아가지는 못했다. 괴로움이 극도에 달한 부상자의 비명은 바리케이드 안쪽과 바깥쪽에 죽어 넘어져 있는 시민의 몸 속 곳곳으로 파고들었다. 바리케이드에 겨우 몸을 의지하고 있는 시민은 속수무책이었다. 한 시민이 바리케이드 밖의 주검을 수습하려고 뛰어나가면 그 시민은 바리케이드를 벗어나자마자 주검으로 변해야만 하는 절박한 상황이었다.

한 시민의 또 다른 주검은 푸른 오월 속에서 붉은 피와 붉은 울음을 만들어냈다. 함께 했던 시민의 시신이라도 부여안고 통곡하려 했던 시민의 죽음. 그 죽음은 바리케이드에 몸을 붙이고 있는 시민의 피비린내가 나는 눈물 섞인 비애감과 통한에 젖은 시민의 감정을 적시기만 할 뿐 살아 돌아올 수 없는 싸늘한 주검, 그것이었다. 그 비통한 울음소리가 배어서일까? 죽은 시민의 육신에서 아직 떠나지 못하고 있는 혼백은 미움과 슬픔으로 비참하게 일그러진 채 계엄군을 향하여 원망의 눈초리와 탄식의 소리를 보내고 있었다.

비무장이 대부분인 상태의 바리케이드 안은 물론이지만, 바리케이드 밖은 곧 죽음의 공간이나 다름없었다.

모든 게 찰나였다. 시민의 부상은 순식간에 만들어졌다. 시민의 죽음은 너무 손쉽게 이루어졌다. 방금 내 곁에 있던 시민은 어디에서 날아왔는지 확인할 수 없는 탄알이 복부를 관통하면 그만이었다. 누가 쐈는지 알 수 없는 탄알이 두상을 파고들면 그것이 끝이었다. 누가 지시했는지 알 수 없는 탄알이 심장을 통과하면 그게 전부였다. 누구를 향해서 조준했는지 알 수 없는 탄알이 몸의 어디든지 뚫고 지나가면 그것이 다였다.

처음 만난 시민은 갈가리 찢겨 진 부상이었지만 그 부상은 생소하지 않았다. 처음 만난 시민의 이유를 모르는 무참한 죽음이었지만 그 주검은 낯설지 않았다. 부상당한 시민과 죽음으로 누워 있는 시민은 인연으로 만났었고 인연으로 마주하고 있기 때문이어서 친구이면서 형제와 같은 느낌이었다. 그래서 허술한 바리케이드에서 잠깐 함께 했지만 같은 처지의 하나가 될 수 있다는 기분은 뇌리를 떠나지 않았다.

부상을 입고 주검으로 변해버린 시민은 광주에 들렀다가 어느때 거리를 지나는 길에 어깨를 스치며 지나쳤던 시민인 듯했다. 광주에 머무르던 어느 날 선술집에서 친구들과 막걸릿잔을 부딪치며 환하게 웃던 시민인 듯했다. 등산복 차림으로 광주에 왔던 지난해 어느 달 무등산 서석대 등산로를 앞서서 걸어가던 시민인 듯했다. 광주에 출장 왔던 어느 해 금남로를 지나는 출근 버스 안에서 어깨를 마주치며 함께 탔던 시민인 듯했다.

바리케이드는 부상당한 시민을 돌보아 주지 못했기에 송구하였고 죽음에 이른 시민을 지켜주지 못해 죄스러웠다. 바리케이드는 투쟁을 일관할 수 있는 역량의 한계에 대해서 책임지고 싶었으나 그마저 무너지면 시민도 내려앉아야 하는 절체절명의 위기에 처할 것이 너무나 자명하기에 현상대로 임무를 완수해야만 했다. 그러나 바리케이드는 바스러지고 무너지면서도 무수히 날아오는 총알을 받아 내었다는 자존감으로 부상당한 시민과 주검의 시민에게 슬픔을 보내는 한편으로 바리케이드에 붙어서 헌신하고 있는 시민에게 고마움을 전하고 있었다.

시민의 슬픈 부상은 자유였고, 시민의 비통한 주검은 평화였다.

시민의 괴로운 부상은 용서였고, 시민의 서러운 주검은 화해였다.

시민의 마음 아픈 부상은 진실이었고, 시민의 억울한 주검은 순수였다.

시민의 쓰린 부상은 용서였고, 시민의 분한 주검은 관용이었다.

시민의 애처로운 부상은 악수였고, 시민의 가여운 주검은 포용이었다.

모두 이름을 널리 알리지 않아 이름은 몰랐으나 이웃과 마주 앉아 대화를 나누며 일상을 살아가는 평범한 시민이었다.

모두 자신이 소유하고 있는 현재의 재화나 물건 이외에는 소유하려는 욕심을 자제하면서 사심 없이 살지만, 공적 영역에서만큼은 사회 구성원으로서 책임을 다하는 보통의 시민이었다.

모두 내 편 네 편 구분하지 않았으나 지지하는 편과 반대하는

편으로 불가피하게 나누어졌을 경우에는 슬기롭게 타협하여 내이웃과 내 고향과 내 나라를 위하여 먼저 행동하는 범상한 시민이었다.

모두 나를 먼저 내세우지 않았으나 상하 범절이 깍듯하여 규범과 도리를 지키면서 어른은 어른답게 아이는 아이답게 살아가는 법도를 갖춘 시민이었다.

모두 능숙한 재주는 아니었으나 짧은 솜씨로 남도 소리 몇 가락 정도는 '얼쑤', '조오코' 소리에 맞춰서 제법 전문 소리꾼터를 내며 구성지게 읊조릴 수 있는 예향의 시민이었다.

모두 개성이 강하여 자기 분야에서 뛰어난 실력을 바탕삼아 절대로 지기를 싫어했지만 관계되어 있던 일이 끝나면 뒤끝이 없고 까다롭지 않았으며 정이 많은 시민이었다.

삶과 죽음은 한 뿌리였다. 산 자가 잠시 가지에 붙어 있는 오월의 잎새라면 죽은 자는 오월의 가지에 붙어 있던 잎새가 늦은 가을 고운 색상의 옷으로 갈아입지 못하고 일찍 떨어져 버린 가엾은 푸른 잎이었다. 푸른 오월의 가지에 두 손 꼭 잡고 가지에 붙어 있던 잎새가 떨어질 때면 모두 바리케이드 주위에 떨어졌다. 푸른 잎새가 하나둘 또는 몇 장씩 떨어질 적마다 바리케이드에 몸을 맡기고 있던 시민은 애석한 마음일 뿐 더 이상 해 줄 무엇이 없었다.

바리케이드는 삶과 죽음을 구분해 주는 경계 역할을 해 주고

있었지만 산 자에게 부끄러움을 가르쳐 주었고 죽은 자에게 이승
의 마지막 거처 공간이면서 사람 사는 세상의 진정한 정분을 나
눌 수 있도록 만들어준 공간이었다. 잠시였지만 욕심부리며 살아
갈 필요가 없다는 참된 이치를 알게 해 준 기쁨의 공간이었다. 잠
깐이었지만 더 많은 재물과 더 높은 권력을 소유하려는 행위는
어리석은 짓임을 깨닫게 해 준 공간이었다. 죽음은 바로 나일 수
있었고 나는 언제든지 죽음일 수 있다는 상반되면서 동일한 모순
의 진리를 체득하게 하는 공간이었다.

그렇지만 죽음이라는 현실을 보면서 인간에 대한 외경심을 느
꼈다. 보고 듣고 느끼고 말하고 생각하던 인간이 찰나에 보지 못
하고 듣지 못하고 느끼지 못하고 말하지 못했다. 살아 있다는 신
비가 죽을 수 있다는 공포감을 느끼게 해 주는 공간이었다.

바리케이드는 동적인 상태에서 몸과 마음을 부딪치며 시민과
함께했다는 기쁨과 행복을 순식간에 영육이 얼어붙는 정적인 상
태로 만들어 버리는 공간이었다. 살아서 맛보는 기쁨과 행복 그
리고 죽음을 통하여 얻은 영혼과 육신의 정지 상태는 나의 욕구
를 극대화하려는 인간에 의해서 하늘 세계와 지하 세계로 갈라진
다는 종교적 세계관을 알게 해 주는 값지고 귀한 공간이었다.

바리케이드는 좁고 작았지만, 삶의 철학이 있었고 삶의 영원
성을 알게 해 주는 공간이었다. 넘치는 소유와 과분한 욕심은 사
회와 국가를 병들게 만들고 시민과 국민의 생존을 멍들게 만드는

아둔한 짓임을 깨닫게 해 주는 공간이었다.

바리케이드에 박히는 총알 소리는 어둠 속에서 들리는 악령의 목소리처럼 죽음을 유혹했다. 어느 순간 죽음의 공간으로 들어가고 싶다는 강한 끌림 현상은 바리케이드에 몸을 의지하고 있는 시민이면 누구라도 한 번쯤은 떠올렸을 듯했다.

시민은 바리케이드에 기대어 구차하게 삶을 구걸하고자 하지는 않았다. 죽음을 두려워하지 않는 시민은 없을 터였다. 바리케이드를 경계로 하여 죽음은 상시로 이루어지고 있었기 때문이었다. 그러나 그 죽음은 나대신 먼저 자신의 몸을 던져 나의 삶을 연장시키는 경이로운 죽음이었다.

이러한 상황에서 목숨을 애걸할 때 광주의 역사는 비겁해지고 광주의 명예는 더럽혀질 터였다. 바리케이드는 병약하고 허약한 광주의 시민을 위해서 설치된 게 아니었다. 바리케이드는 광주 시민의 정체성이면서 자존감의 상징적 존재로서 쏟아져 오는 총알을 마다하지 않는 역사의 증표물이었다.

살아 있는 시간을 조금 늘리기 위해서 바리케이드 공간을 이탈하거나 조금치의 어려움도 없게 하려고 타협을 하는 순간 바리케이드는 존재성을 상실할 뿐만 아니라 광주 시민을 위한 가림막이 되었다는 부끄러움 때문에 자괴감에 빠져들게 분명했다. 바리케이드는 죽음을 두려워하지 말고 적극적으로 행동하라는 저지물이지 죽음이 무서워 몸을 숨기기 위한 방어막이 아니라는 준엄한 사실을 인지하도록 알려 주었다.

그러한 바리케이드는 시민의 성격을 꼼꼼하게 파악하고 있었다. 죽음이 두려웠거나 무서웠다면 처음부터 바리케이드에 들어온 시민은 없을 것이었다는 사실을 바리케이드는 시민의 본성을 세심하게 감지하고 있었다. 항쟁의 방법을 놓고 치열하게 토론하며, 격렬하게 끓어오르는 감정을 억제하며, 삶과 죽음을 서로 나누는 끈끈한 유대감으로 투쟁해온 시민이 죽음을 두려워하거나 무서워하지 않는다는 기개를.

시민과 계엄군의 무장 상태는 현저하게 차이가 났다. 현저하다는 표현 속에는 딱히 비교의 대상이 아닐 만큼의 간극이 내재되어 있다고 보아도 무방하다. 불의한 반란 세력은 국가가 부여한 군의 많은 병력 장비를 동원할지도 모르는 모리배들이기에 처음부터 시민과 비교할 수 없다는 의미를 부연하고자 한다.

지금 공격하고 있는 계엄군은 완전무장 상태였다. 그에 반하여 바리케이드를 방패로 삼고 있는 시민은 양손에 쥐어진 돌조각 한 덩이가 전부였다. 물론 어디서 입수되었는지 모르지만 카빈총이나 몇 발의 탄알을 손에 들고 있는 시민도 듬성듬성 눈에 띄었다. 어쨌든 계엄군은 전쟁을 수행할 정도의 장비를 갖춘 상태였고, 시민은 동네 골목의 일정한 구역을 지키기 위해서 돌멩이를 던지는 개구쟁이들의 모습과 견줄만할 형편으로 매우 옹색하고 부실했다.

그러나 바리케이드에 몸을 붙이고 있는 시민은 계엄군과 맞서 싸워서 결코, 지지 않겠다는 굳은 결의를 눈과 마음과 가슴으로 다지고 다짐했다. 계엄군의 앞 열은 정조준 사격을 하면서 지휘관의 명령을 받고 연속 총을 쏘았다. 뒤 열은 앞 열의 사격 상황에 따라서 지휘관이 지시하는 동작으로 바리케이드를 향해서 총부리를 겨누고 방아쇠를 당겼다.

계엄군의 총성은 갈가리 찢어졌다. 도심의 건물은 총성의 메아리를 받아들이기에 바빴다. 바리케이드의 설치물이 타다닥 튕겨 나가고 모래주머니에 총알이 툭툭 박혔다. 이제 바리케이드는 너무나 많은 양의 총알을 받아내다 보니, 본 모습에서 많이 변해 있었다. 바리케이드의 기능을 다 하기가 어려워 보였다.

계엄군은 한 발짝 한 발짝 다가오면서 바리케이드와 거리를 좁혔다. 사격을 멈추고 부대 앞으로라는 지시에 따라 착착착 군홧발을 바닥에 치며 다가오는 소리는 특수 효과음 같았고 괴기스러운 음향을 듣는 듯했다. 계엄군은 묵언으로 일관하며 지휘자의 신호가 떨어지면 다음 동작으로 바리케이드에 접근했다. 시민은 죽음을 대비하며 돌멩이를 움켜쥔 주먹을 부르르 떨었다.

오월 이십육일 해는 제집으로 돌아갈 채비를 갖추자 오후 내내 느렸던 걸음을 재촉하기 시작했다. 함평쯤에 걸쳐 있어 보이던 해가 영광 앞바다에 도착하면 붉디붉게 타는 놀은 혼잣말을 할 것이었다. 광주의 오늘 밤은 제 몸을 닮지 말아 달라고. 오늘

해는 제집으로 돌아가기가 께름칙한지 무거운 발걸음으로 간절한 기원을 하면서 바닷물 속으로 잠기려고 준비했다.

환한 햇빛의 꼬리가 길어진 오월의 해는 바쁜 걸음이면서도 아무래도 내일은 기쁘고 환한 햇빛을 비출 수 없을 것 같은 괴로움 때문인지 애틋한 여운을 남기면서 붉게 타고 있는 몸을 바닷물에 잠그기 시작했다. 저물어 가는 해는 오늘 밤이 참으로 미심쩍었다. 시간이 등을 미는 힘 때문에 바닷물에 빠져야 했지만 붉은 해는 마지막으로 기원했다. 밤새 안녕하고 밤사이에 무사하기를.

어둠이 깊어지면서 정확한 시간은 알 수 없으나 계엄군은 총력 진압 작전에 나설 것이라는 이야기들이 바리케이드에 꼬리를 물고 돌아다녔다. 이미 계엄군은 광주 지역 주요 장소에 집중적으로 배치되어 있으면서 시민을 무지막지한 방식으로 체포, 상해, 살해를 해왔는데, 오늘 밤에는 도망하거나 빠져나갈 수 없는 그물코가 촘촘한 그물을 쳐서 깡그리 소탕해버린다는 절망적인 소식을 전했다.

계엄군은 시민이 거점 삼아 항쟁하는 장소가 어디가 되었든 동시다발적 진압 작전을 개시한다는 전언을 들려주면서 분한 감정을 누르지 못했다. 현재의 바리케이드에도 전면에 배치된 계엄군의 전투력을 보강하기 위해서 서너 대대가 증원되어 바리케이드를 에워싸고 작전 개시 명령만 떨어지면 무자비한 소탕 작전에 돌입할 것이라는 흉측한 소리도 들려왔다. 서너 대대의 병력 외에도 더 많은 인원이 증원되어 상당한 규모의 군사력일 것이라고 했고, 화력과 기동력이 뛰어나다고 했다. 하지만 시민의 설왕설래한 이야기만 있었지 정확하고 구체적인 정보는 확인할 수 없었다.

그러나 두꺼운 층의 안개 속에 갇히면 사물을 분간하기 어렵거나 앞을 볼 수 없듯이 시민에게 주어지는 정보가 거의 차단된 열악한 상황의 바리케이드에서 어림짐작으로나마 추정하는 말의 대략은 일치했다. 시민의 의견을 종합하면 계엄군은 오늘 자정을 전후하여 항쟁하는 시민을 완전히 해체하고 진압한다. 어마어마하고 무시무시한 방법으로 진압 작전이 전개된다. 저항하는 시민은 전원 체포 또는 사살한다. 그 이후의 상황은 작전 진행에 따라서 유동적이다. 바리케이드에서 시민의 입에서 귀로 전해지는 이러한 전언은 늦은 봄의 오월임에도 불구하고 한겨울 복부에 올려놓은 얼음장보다 차가웠다.

해가 떨어지자 바리케이드에 회색빛 땅거미가 내리는가 싶더니 잠시 사이에 어둠이 찾아왔다. 계엄군은 바리케이드와의 거리를 바짝 좁혔다. 계엄군의 상당히 높은 계급으로 보이는 지휘관이 최후통첩을 전달하는 권고 방송을 해 왔다. 투항하면 살려준다. 투항하면 가족 품으로 돌려보낸다. 투항하면 일체의 경위를 묻지 않는다. 이러한 관용에도 만약 불응할 시에는 집중 사격을 가하겠다. 투항 권고 방송은 날카롭게 갈라지고 찢어졌다. 그러나 어둠 속의 바리케이드 시민은 아무도 믿지 않았다. 어둠의 바리케이드에는 이글거리며 불타는 눈만이 있을 뿐이었다.

서상록의 얼굴은 마르고 수척해져 있었지만 파릇파릇하던 새싹이 푸른 오월의 산뜻한 잎새가 되었듯이 싱싱한 기운이 용솟음쳤고 강렬한 힘이 꿈틀거리고 있었다. 서상록의 부르튼 손은 카빈총을 잡고 있었다. 하성미의 옷차림은 누추하게 변해버렸지만, 학교에서 지니고 있던, 품격 높은 자태와 모습은 그대로였고 눈빛은 형형하였다. 하성미의 거칠어진 손은 총알이 들어 있는 탄창을 들고 있었다.

하성미와 서상록은 대서에서 완행버스로 광주에 도착한 이후 항쟁으로 열 손가락이 접어지는 날밤을 보냈다.

바리케이드의 시민 역시 몇 날을 지새웠는지 차림새는 후줄근했다. 드러난 모양새는 부스스했다. 그렇지만 밤이 깊어질수록 시민의 눈빛은 더욱 반짝이면서 강렬해졌다.

아스팔트를 흥건하게 적셨던 검붉은 핏덩이는 묵중한 고체처럼 응고되어 인간에 대한 비애감을 느끼게 했다. 총탄이 난무한 지가 한참 지났는데도 뿌연 안개 속 같은 도심은 화약 냄새가 자욱했다. 가로등이 비추는 불빛을 따라가다가 불빛이 멈춘 끝을 보면 어김없이 주인을 잃은 시계, 손가방, 지갑, 안경, 신발, 머리핀, 옷가지 등이 어수선하게 뒹굴고 있었다.

202

4차로의 큰길 주변은 곳곳이 박살 나 있었고, 총부리에서 나온 총포 소리와 총구에서 나온 화력 때문인지 황량하고 을씨년스러웠다. 저만치 떨어진 큰길 옆의 골목으로 꺾여 들어가는 어귀에 '광주 사랑'이라고 쓰인 빵집 입간판이 쓰러져 있는 모습에서 우울감이 더해졌다.

바리케이드의 시민은 일부 시민이 제기한 문제. 즉 계엄군과 현재 상황에서 정면 대결한다는 것은 무리라는 주장에 공감했다. 거기에다 극도로 악에 받친 계엄군의 행태로 보아서 어떤 포악한 짓을 할지 모른다는 데도 의견을 같이했다. 그뿐만 아니라 바리케이드가 많이 무너졌으니 보수해서 견고하게 보강할 필요가 있다는 뜻에도 의견이 없었다. 거기에는 산개하더라도 재집결하여 끝까지 항쟁한다는 솟구치는 분노가 전제되어 있었다.

바리케이드를 떠나는 것이 아니다. 앉아서 죽으면 자신이 얼마나 비루하냐. 서서 싸우기 위해서 대열을 정비하여 내일을 약속하자는 것이다. 바리케이드를 떠나는 시민은 목젖까지 올라오는 서러움을 꾹꾹 눌렀다.

시민은 서글픈 감정을 표출하지 말자고 결의했다. 일시적이지만 일단 뒤로 물러서서 시간을 벌기로 했다. 그리고 오늘 밤 계엄군의 작전 상황을 살피면서 오늘은 오늘 방식으로 내일은 내일 방식으로 항쟁하자는 쪽으로 합의했다. 오늘 밤 큰 변화가 없으면 다 알다시피 재집결지는 이곳 바리케이드로 하자는 피가 섞인

한 시민의 쉰 목소리에 '옳소' 라는 대답이 일제히 쏟아지자 숙연해졌다.

오늘 밤 한시적인 항쟁 장소는 바리케이드를 대신할 수 있는 공간으로 정하자는 의견이 지배적이었다. 한 곳으로 밀집하여 항쟁할 경우 만약의 사태가 발생할 수 있다는 점을 간과하지 말자는 의견이 다수였다. 시민은 재차 강조하여 결과를 끌어내려고 했다. 시민은 동의했다. 혹시 모를 집단적 위험성을 초래하거나 어려운 입장에 처할지도 모르니 적정 인원으로 나누어 분산하여 항쟁하기로 최종 결정했다.

서상록은 바리케이드의 뒤쪽 우측에 신문사와 방송사가 들어서 있는 큰 건물을 유심히 보아왔던 터라 장소의 적절성을 하성미에게 설명했다. 하성미는 서상록의 좌고우면하지 않은 태도와 깊이 생각하여 결단하는 군더더기 없는 명료한 표현에 든든했다. 하성미는 망설이지 않고 흔쾌히 받아들였다.

하성미와 서상록은 십여 명의 시민이 동행 의사를 밝힌 건물로 이동하기로 결심했다. 시민은 한 동아리로 움직이면 계엄군에게 쉽게 노출된다는 위험성을 감안하지 않을 수 없었다. 그렇기에 용의주도한 계획을 세워서 일을 처리하고자 했다. 오늘 밤의 동반자들은 향후 방안을 숙의했다.

자정을 전후로 해서 발생할지도 모르는 계엄군의 진압 작전에 최대한의 안정성을 확보하기 위한 일 순위 조치가 각개 행동이었다. 비상식량과 음료수 등은 형편이 허락하는 대로 구입해 오자고 했다. 건물 주위의 시민과 연락이 가능하도록 시민의 위치를 가급적 많이 파악하자고 했다. 건물에 집결하면 제일 먼저 살펴야 할 테지만 그래도 건물에 들어오기 전에 외곽을 둘러보아 사태 악화 시 피신 경로를 알아보자는데 뜻을 같이했다. 그리고 건물에 도착하여 각자의 임무와 방어벽 등은 그곳 시설 상태를 확인한 후 다시 의논하기로 했다. 십여 명의 시민은 개별적으로 행동하여 건물에서 만나자는 약속을 하고 뿔뿔이 흩어졌다.

계엄군은 바리케이드의 시민이 해산하는 정확한 진의를 파악하기 위해서 날카로운 눈초리로 면밀하게 관찰하며 전방을 주시하고 있었다.

상황이 매우 어려운 상태에서 시민이 각기 흩어지기 시작하면 번잡할 것이었다. 바리케이드가 협소했지만, 뒤쪽으로 큰 광장이 놓여 있어서 꽤 많은 항쟁 시민이 운집해 있었다. 서상록은 혼란스러운 상황이 만들어질 것을 감안하여 대비하려고 이리저리 대안을 궁리했다. 이동의 와중에 시민과 부딪치거나 틈에 끼어 자칫 헤어질 수 있는 상황에 대비해야만 했다. 건물이 바리케이드 뒤쪽에 자리 잡고 있어서 장소를 알고 있다 해도 전쟁을 방불케 하는 어수선한 이때, 어떤 사정으로 어떤 일이 일어날지 알 수 없었다. 신중하고 조심해야만 했다.

서상록은 가슴에 장미 손수건을 확인하고 하성미의 손을 움켜

잡았다. 아픔과 비애의 멍울이 가슴에 담겨져 왔다. 손을 놓치는 순간 하성미와 헤어질지도 모른다는 염려가 앞섰다. 손에 힘을 가하여 보았으나 그래도 불안했다. 하성미 옆에 바짝 붙어 오른손으로 팔짱을 끼고 왼손으로 팔짱을 감쌌다. 하성미의 여린 살갗의 체온이 구슬프게 느껴졌다. 팔짱을 낀 오른손에 다시 힘을 주었다.

하성미의 손은 열흘간의 시간 속에서 거칠어졌으나 손바닥은 부드러웠다. 서상록의 가슴 저 깊은 곳에서 뜨거운 울음이 올라왔다. 하성미의 순수하고 지순한 영혼에 상처가 나 있을 것이라는 생각에 심장이 아려왔다. 하성미가 쥐고 있던 탄창이 애처로워 보였다. 어깨에 걸머멘 작은 가방이 처연하게 느껴졌다.

시민이 건물에 속속 들어오자 우선 급한 대로 사무용품, 의자, 책상, 응접용 소파와 가장 든든한 캐비닛 등으로 출입구를 봉쇄했다. 시민은 1층보다 2층으로 올라가서 적절한 장소에서 경계 태세를 갖추며 계엄군의 동태를 파악하기로 했다. 두세 명씩 조를 나누어 정찰 겸 상황 대비에 임하기로 했다.

서상록은 하성미에게 2층 복도 끄트머리의 출입문에 부착된 표지판을 가리켰다. 우중충하게 변색한 나무판에는 회의실이라고 쓰여 있었다. 서상록은 아직도 고르지 못한 호흡을 가다듬으면서 2층을 이리저리 두리번거리는 하성미에게 눈길을 보냈다. 하성미는 고개를 끄덕이는 것으로 동의한다는 의사를 표시했다.

회의실은 생각보다 아담했다. 단상의 탁자로 출입문을 막았다. 대여섯 명씩 앉을 수 있는 길이의 나무 의자가 이십여 개 있었다. 회의실 출입문 앞에 차곡차곡 쌓았다. 회의실인데도 캐비닛이 있었다. 캐비닛은 활용 가치가 높아서 일단은 회의실 옆 다목적 용도로 쓰일 것으로 보이는 대기실 앞에 두기로 했다. 주전자에 물이 제법 담겨 있었고 물 잔도 세 개나 되었다.

서상록은 입술이 바싹 마른 하성미에게 물 잔에 물을 가득 따라 건넸다. 하성미는 총포에서 나온 화약에 부어오른 눈꺼풀을 가느다랗게 떨고 있었다.

하성미는 눈높이만큼 서 있는 가로등을 바라보았다. 가로등 불빛은 희미하지만 2층의 어둠을 조금 걷어 냈다. 창문 유리 근처에 머물던 얇은 가로등 불빛이 물 잔을 두툼하게 채웠다. 물 잔은 흐벅지게 보였으나 왠지 모를 허전함이 맴돌고 있었다. 설악 산장에서 서상록이 소주를 담아 건네주었던 술잔에는 기다림과 그리움이 있었다면 물 잔에는 기다림과 그리움이 증발할지도 모른다는 허전함인 듯했다.

하성미는 윤기 없고 거칠어진 두 손으로 물 잔을 받았다. 물 잔 손잡이에 묻어 있던 온기가 손끝에 와 닿자 손가락 끝에 알알한 아픔이 느껴졌다. 설악 산장의 술잔에 묻어 있던 따뜻한 기운보다 더 따뜻했지만, 텅 비어 있는 마음과 같은 슬픔이 물 잔에 어른거렸다. 창밖의 가로등을 바라보았다. 가로등 불빛과 눈이 부딪쳤는데 가슴이 시큰했다. 가로등 불빛이 주는 어두운 풍경이 비감하게 다가왔다.

저 가로등 불빛은 아침이면 꺼져 있을 것이었다. 가로등은 매일매일 일어나는 사람 사는 세상의 일들을 지켜볼 테지만 침묵만이 자신을 방어하는 최선의 방책임을 아는 듯했다. 말하지 않으면 아무 일도 일어나지 않는다는 사실을 알고 있는 듯했다. 자신에게 주어진 일만 잘하면 일어날 수도 없고, 일어나지 않아도 되는 것이 사람 사는 세상임을 아는 듯했다.

가로등은 현명했고 슬기로웠고 지혜로웠다. 나에게 주어진 일만 묵묵히 그리고 성실하게 처리해 나가면 사람 사는 세상은 분쟁이 없다는 사실을 알고 있었다. 침묵이 최선의 방어책이 아니라 최선의 해결책임을. 가로등은 내일 밤이면 또 불을 밝히고 있을 것이었다.

그러나 가로등이 생각하는 것처럼 사람 사는 세상의 사람들은 단조롭게 생각하거나 단순하게 행동하지 않았다. 늘 이익을 좇았고 밤낮으로 욕망을 충족하고자 했다. '인간은 생각하는 동물'이라고 했다. 생각하기에 욕망이 일어났고 욕망이 일어나기에 이성을 상실했다. 채워도 채워도 채워지지 않는 욕망을 만족시키기 위해서 프로메테우스가 받은 형벌처럼 스스로를 속박하는 욕망의 굴레에 씌어서 살아야만 했다. 그게 인간이었다. 그러면 오늘 밤 서상록과 나는?

단순하게 보이는 것 같지만 가로등이 밤이 되면 켜졌다가 날이 새면 꺼지는 반복되는 작용. 그것이 질서였고 그것이 약속이었다. 질서는 사람 사는 세상의 근본 바탕일 터이기에 약속을 지켜야만 했고, 약속은 사람 사는 세상의 기본 받침일 터이기에 질서를 지켜야만 했다. 사람의 욕망도 저 가로등처럼 제 역할을 하면서 질서를 지키며 약속 안에서 이루려 한다면 사랑이 가득 차고 아름답게 그려지는 사람 사는 세상이 될 터였다.

반란 세력은 질서와 약속을 지키지 않은 것이 아니라 헐어서 무너뜨렸고 철저하게 깨부쉈다. 그들이 추구하고자 하는 목적은 불순했다. 그들이 채우고자 하는 욕망은 더러웠다. 그들은 불온하고 추악한 목적을 실현하고자 사람에게 상해를 입혔다. 그들은 불결하고 흉측한 욕망을 메우기 위해서 사람을 죽였다.

반란 세력의 자문자답 형식은 특이했다. 시민이 질서와 약속을 왜 지켜야 하는지 가증스럽게 역설했다. 질서와 약속은 절대적으로 지켜져야만 시민 사회가 안정되고 국가의 명운이 좌우될 만큼 중차대하다고 했다.

그런데 반란 세력은 말 따로 행동 따로였다. 오히려 반란 세력 때문에 시민 사회가 불안정해졌고 국가의 안위가 위태로워졌다. 시민이 다시 물어서 지적했다. 반란 세력이 좇으려는 질서는 정상적이 아니어서 무질서를 초래하고. 시민 사회를 향해서 던졌던 약속은 왜 지켜지지 않느냐고? 반란 세력의 답은 간단하고 단순했다. 상해와 살육으로 응징하는 괴이한 방식이었다.

현재 반란 세력의 기형적, 원천적인 동력은 과거로부터 이어져 온 것인지도 모른다. 그것을 입증하려는 연구자들의 노력도 있다고 했다. 실증 가능한 자료를 제시하거나 검증 과정을 거쳐 물증을 제시하는 연구자도 있다고 했다.

그러나 연구는 연구이고 현실은 현실이었다. 연구 업적을 인정하지 않거나 잘못된 역사 인식에 기반하여 비판을 위한 왜곡된 연구라고 치부하는 경향성이 사회 주류층에 형성되어 있다면 공염불이나 마찬가지였다. 그러한 공격보다 더 무서운 것은 그러한 반박 논리를 기반으로 하여 과거의 비뚤어졌던 권력이 현재의 지배 계급으로 연장될 수 있다는 점이었다. 현재의 기울어진 권력은 또 어떤 변형된 방법이나 기법으로 다음 세대와 미래로 이어나갈는지 모르는 현상 역시 걱정이 아닐 수 없었다. 그들의 욕망이 사람 사는 세상을 지배해야 한다는 이기적 욕망으로 작동하는 한.

하성미는 가로등 불빛을 가득 담고 있는 물 잔에 입술을 댔다. 반쯤 마셨다. 서상록에게 물 잔을 건넸다. 반 정도 남은 물 잔 속의 물이 출렁거렸다. 서상록의 어깨가 흔들렸다. 눈물을 감추려는지 눈을 감았다. 하성미가 물 잔을 받아 든 서상록의 손등에 손을 포개 얹었다. 어둠을 비추는 가로등이 말없이 지켜보고 있었다.

내 옆에는 기다렸던 사람, 그리워했던 사람이 꼭 다문 입술을 하고서 창밖의 밤하늘을 쳐다보고 있다. 응시하는 눈길을 따라가면 어둠만 있을 뿐 아무것도 보이지 않았다.

어둠이 물러나고 날이 밝으면 밖으로 나가 깨어나는 모든 사물을 안아보고 싶었다. 화약 냄새가 가시지 않은 아스팔트 길 위에 서서 오월의 하늘을 바라보고 싶었다. 밤의 어둠이 우리를 안온하게 감싸 주고 있지만, '물망초 꿈꾸는…… 새벽이 오려는지 바람만 차 오네.' 오늘 밤은 유난히 새벽 유달산에서 해무가 엷게 덮힌 다도해가 보고 싶었다. 그리운 사람과 손에 손을 잡고 다도해에서 불어오는 짭짤한 갯냄새를 맡으며 이슬에 젖은 유달산의 산책로를 걷고 싶었다.

서상록의 고른 숨결 소리가 맞닿은 어깨를 통해서 전해졌다. 눈길은 아직도 어둠 속에 머물고 있었다. 꼭 다문 입술이 반쯤 열리는가 싶더니 '오늘 밤'이라는 혼잣말을 들릴 듯 말 듯 중얼거렸다. 그리고 먹빛 밤하늘을 향하여 두 손을 모았다. 광주에 도착하던 날을 떠올리는 듯했다. 노숙 생활, 헐거운 식사, 산 자의 신음, 죽은 자의 비통 등 신고를 겪었던 지나간 시간을 기억하는 듯했다. 아니 어쩌면 압록에서 광주로 가야겠다는 뜻을 밝힌 그 시간을 후회하고 있는지 몰랐다. 광주로 가는 완행버스에 혼자만 탔어야 하는 반성을 하고 있는지 몰랐다. 묽은 어둠이 가득 찬 오늘 밤의 이 공간에 함께 있어야 한다는 불안감이 저리는 통증임은 분명해 보였다.

서상록이 오른손으로 하성미의 오른쪽 어깨 위에 손을 가만히 얹었다.

님이 오는 소리 없이 꽃이 피던 날, 기다림의 날이면 가슴이 터지듯 아려왔다. 님이 오는 소리 없이 비가 오던 날, 그리움의 날이면 후줄근하도록 비에 젖어 혼자 걸었다. 님이 오는 소리 없이 낙엽이 지던 날, 기다림의 날이면 애잔하게 하늘하늘 흔들리는 코스모스 길을 걸었다. 님이 오는 소리 없이 눈 내리는 그리움의 날이면 차가운 허공을 나는 기러기를 눈이 시리게 바라보았다.

회의실 우측 벽에 걸려 있던 시계가 자정을 넘기면서부터는 시곗바늘이 빨라졌다. 째깍째깍 시계 소리가 높아졌다. 고요 속에 잠겨 있는 공간의 적막을 깨고 아스팔트를 차면서 달려오는 군홧발 소리가 들려왔다.

"하성미 선생님!"

"……."

서상록의 낮으면서 굵은 목소리에 물기가 묻어 있었다. 열 하루째 서상록은 옷차림이 남루했다. 하성미 역시 옷차림이 많이 허술했다. 하성미의 눈망울에도 눈물이 고였다.

"선생님과 같이 했던 지나간 시간과 광주의 오월은 스물아홉의 저에게 스물아홉 해를 선생님과 같이 살았던 만큼의 기쁨으로 다가옵니다."

하성미의 어깨에 놓여 있던 서상록의 손끝에서 더욱 뜨거운 열기가 묻어 나왔다.

"서상록 선생님!"

"……."

하성미의 낮으면서 여린 목소리에 쌓여있던 기다림과 그리움이 흐느끼는 울음에 섞여서 어깨가 흐트러졌다.

"선생님과 같이했던 한계령, 압록, 유달산, 벌교 공용버스터미널, 사랑하는 대서 중학교, 그리고 광주의 오월은 스물다섯 저에게 영원한 기억으로 남을 거예요. 영원의 사랑으로요. 욕심이라면 스물다섯보다 더 많은 시간을 오늘 밤처럼 함께 했으면 좋겠다는 바람이에요."

가로등은 말이 없었다. 서상록도 말이 없었다. 어둠도 말이 없었다.

멀찌막이 떨어진 곳에서 서상록의 물기 젖은 눈에 번갯불 같은 섬광이 들어왔다. 하성미의 어깨를 잡고 있던 오른손이 조각난 떨림으로 민감하게 반응했다. 하성미도 번쩍이는 빛을 보았는지 어깨가 물이 바르르 끓듯 흔들렸다.

이제 계엄군의 본격적인 오늘 밤 작전이 개시되려나 보았다. 바리케이드를 떠나면서부터 계엄군이 오늘 밤 전면적인 작전을 펼치리라는 예상을 했다. 예상이라고 했지만 어쩌면 마음속에서는 예상이 아닌 기정사실로 받아들이고 있었다고 보는 게 명확할 것이었다. 다만 하늘의 가호가 있기를 바라면서 하성미가 꿈꾸는 새벽이 오기를 기원한 것 역시 부인할 수 없었다.

비겁한 생각인 줄 알았지만, 하루만 더 하성미가 첫새벽에 마음껏 하늘을 우러르는 모습을 보고 싶었다. 웅크리고 쪼그리고 오그리고 자던 하성미는 새벽에 동틀 때쯤 푸른 오월 광주의 하늘을 올려다보며 두 팔을 뻗어 기지개를 켜곤 했다. 그 모습을 보면서 오색 약수터의 순수함을 느꼈고, 유달산 다도해의 물망초를 보았다.

이미 바리케이드를 떠날 때부터 계엄군은 시민의 이동 상태를 주시해 왔었다. 시민이 흩어지기 시작하자 시민의 틈바구니에 잠입되어 있던 계엄군의 정보 요원들은 촉수를 분주히 움직였을 테다. 그러면 이곳 건물로 이동하는 시민도 탐지되었을 것이었고, 그렇다면 이곳도 계엄군의 작전 대상이 될 것은 분명했다.

가로등의 엷은 불빛이 하성미의 얼굴에 멈추었다. 하성미의 눈망울에 맺혀 있던 눈물이 이슬방울처럼 영롱했다. 이슬방울과 같은 눈물이 툭 떨어졌다. 눈물방울은 서상록의 발등에 떨어졌다. 눈물방울이 애처로웠다.

"선생님!"

서상록이라는 성명을 빼고 애틋하게 부르는 하성미의 눈망울은 눈물에 푹 잠겨 있었다.

"오늘 밤 선생님과 함께 하고 있는 이 자리는 저희들이 있어야 할 자리가 아니라는 생각이 들어요."

하성미의 눈물에 담겨 있던 눈망울은 수정처럼 눈부시게 빛 났다.

"지금 선생님과 서 있는 오늘 밤 이 자리는 저희들이 절대로 있어서는 안 되는 자리일 것 같아요. 저희들 대신 시민이 흘린 피를 핥고 빨아서 삼킨 반란 권력과 거기에 빌붙은 그 하부 세력이 있어야 할 자리라는 생각이 들어요. 물론 저희들의 피도 포함될지 모르겠다는 기분도 들고요."

희미하지만 창문으로 스며들어 온 가로등 불빛이 하성미의 눈물에 담겨 있던 보석처럼 빛나는 눈망울을 비추고 있어서 하성미의 모습은 찬연하게 보였다.

"선생님! 왜 그럴까요? 오늘 밤 이 시간. 가느다란 가로등 불빛이 저희들을 바라보는 이 시간. 선생님과 함께 서 있는 이 시간이 저희들이 할 수 있는 모든 것의 전부일 것 같다는 생각이 드는 까닭은요?"

하성미는 이제 눈물을 걷어 내고 있었다. 비신자인 하성미는 오른손을 경건하게 들어 성호를 그었다.

"하성미 선생님! 저 벽시계의 바늘이 두 시를 넘어가고 있으니 조금만 더 기다리면 새벽이 올 것입니다."

"선생님! 아까는 푸른 오월 광주의 먼동이 트는 모습을 꼭 보고 싶었어요. 정말로 새벽을 기다렸어요. 새벽이 올 것이라고 믿었고요. 그래서 선생님과 함께 지금과 같이 선생님께서 어깨를 감싸 주고 계시는 그 모습으로 새벽을 맞이하고 싶었어요. 그런데 그건 저 혼자만의 욕심이었다는 사실을 알았어요. 계엄군의 존재를 잠깐 잊고 있었으니까요."

눈물을 말끔히 걷어 낸 하성미는 좀 전과는 다르게 흐트러졌던 매무새를 고치며 차분하게 가라앉은 목소리로 말하고 있었다. 오히려 밤의 어둠이 안온하게 감싸 주는 이 시간을 축복으로 받아들이려는 듯 했다.

"하성미 선생님! 선생님께서 하시는 말씀을 사실로써 판단해야 하는 지금, 이 시간. 계엄군의 작전 개시를 현실로 인정해야 할 것 같군요. 다만 눈이 아프게 안타까운 상황이 전개될지 모르는 시간이 저를 답답하게 할 뿐만 아니라 가슴이 바늘로 후비듯 저려옵니다. 저의 무능력이 무기력으로 변해버리는 기분이기도 하고요."

서상록도 지금 새벽 이 시간의 위기 상태를 억지로 감출 필요 없이 하성미가 전달하는 의미에 동조했다. 알 수 없지만 정해지지 않은 가까운 시간 내에 계엄군은 이곳의 문을 박차고 들어설 것이었기 때문이었다.

"선생님! 제가 오색 산장에서 선생님께 소주 한 잔 사 주시라

216

고 했던 그 시간이 그리워져요. 그날 그때는 눈이 부시게 능선을 따라 내려오는 설악산의 현란한 단풍잎이 저를 그리운 사람에게 발걸음 하도록 힘이 되어 주었어요. 저는, 저는, 제가 선생님을 얼마나 그리운 마음으로 기다렸는지 몰라요. 설악산장에서 자정을 넘긴 새벽에 선생님과 걸었던 오색 산장으로 가는 그 길은 푸르게 푸르게 자라고 있을 거예요."

"하성미 선생님!"

서상록은 하성미를 가만히 안아 주었다. 서상록의 눈가에 머물던 눈물도 말끔히 닦여 있었다.

"어제 바리케이드를 떠나면서 선생님께서 저의 팔을 꽉 잡고 팔짱을 끼셨을 때, 저는 너무나 기뻤어요. 선생님과 처음 끼어 보는 팔짱이었거든요."

서상록은 더욱 힘껏 하성미를 안았다. 하성미의 따뜻한 체온이 서상록에게 전달되면서 오래오래 이 상태가 지속되기를 바랐다.

"선생님! 세 시가 지나고 있어요. 지난해 가을의 한계령, 벌교와 대서의 겨울, 그리고 오월 광주의 봄. 세 개의 계절이 바뀔 때마다 그리웠어요. 언제나 기다리는 마음이었고요."

하성미의 두 팔이 서상록의 허리를 끌어안았다.

"선생님! 제가 딱 한 번 선생님이 미웠던 적이 있어요. 언제였는지 아세요? 음, 저에게 광주로 오는 완행버스에서 일요일에 대서로 돌아갔으면 좋겠다고 말씀하셨을 때였어요. 만약, 저 혼자 대서에 있었다면 아마 저는 외롭고 괴로움에 몸부림치며 숨이 넘어가는 고통스러운 날들을 보냈을 거예요."

하성미는 무서운 것이라도 본 것처럼 몸을 부르르 떨었다.

"타타타아앙, 타타타아앙, 타타타아앙."

군홧발 소리가 어지럽게 찍히는 소리가 들리더니 건물 출입문 바스라지는 요란한 소리가 들려왔다.

"선생님과 함께했던 시간들. 짧았지만 스물다섯 저에게는 너무나 커다란 기쁨이었고 행복이었어요."

두 팔로 꼭 끌어안은 하성미와 서상록은 두 눈을 한참 동안 마주 보았다. 입술과 입술을 맞대었다.

"하성미 선생님! 저 아래에서 권력의 하수인들에게 가슴을 맞을지 모르는 선생님 대신 저만 총알을 맞을 수 있는 공간과 기회가 주어진다면."

하성미는 잠시 떨어져 있던 서상록의 입술에 검지손가락으로 입술을 막았다.

"하성미 선생님!"

"서상록 선생님!"

하성미와 서상록의 호칭이 동시에 이루어졌다.

"사랑해요."

"사랑할 거예요."

군홧발 소리는 2층으로 바로 이어졌다.

"저항하는 자는 즉시 사살하라."

칼날보다 날카로운 소리가 귀를 찢었다.

회의실 문이 와지끈 깨지는 소리가 났다.

하성미가 바닥에 놓아두었던 총을 집어 서상록에게 건네기 위해서 카빈총을 들었다.

"탕, 탕."

두 발의 총성이 울렸다.

총성과 동시에 하성미와 서상록은 푹 고꾸라졌다.

한 발은 하성미의 얼굴을 관통했다. 또 한 발은 서상록의 가슴을 뚫었다.

서상록이 품안에 고이 넣어 두었던 장미 손수건을 꺼내어 하성미의 얼굴에서 흘러내리는 피를 힘겹게 닦았다. 서상록의 가슴에 두 번째 총알이 박혔다. 서상록의 가슴에 담겨져 있던 설악산 한계령에서 찍은 흑백 사진 위로 붉은 핏물이 서상록과 하성미를 지나고 있었다.

장미 손수건은 하성미의 얼굴에 부드럽게 내려앉으며 고요하고 거룩하게 보이는 하성미의 얼굴을 덮었다. 장미 손수건의 빨간 장미 송이가 피에 젖어 더욱 붉게 물들어갔다.

오색 약수터의 곱고 아름다운 단풍잎처럼.

광주는 현재다

초판 1쇄 인쇄일 • 2024년 7월 25일
초판 1쇄 발행일 • 2024년 7월 30일

지은이 • 안원근
펴낸이 • 임성규
펴낸곳 • 문이당

등록 • 1988. 11. 5. 제 1-832호
주소 • 서울시 강북구 미아동 126-1
전화 • 928-8741~3(영) 927-4990~2(편)
팩스 • 925-5406

ⓒ 안원근, 2024

전자우편 munidang88@naver.com

ISBN 978-89-7456-585-5 03810